「なつきくんは泥ダンゴ
作るの得意だよね。
じゃがいもをじょうずに
コロッケの形にできるかな」
Illustration : Waka Nakagawa

セシル文庫

保育士は不夜城で恋をする

かみそう都芭

イラストレーション／中川わか

保育士は不夜城で恋をする◆目次

保育士は
不夜城で恋をする

「おう、ふざけんな！　金借りといて返せませんじゃすまねんだよ！」

乱暴にドアを叩《たた》かれ、慌てて玄関に出るなり、怒鳴りつけられて竦んだ。

「あの、夜も遅いし……き、近所迷惑なので……」

「ああっ？　てめーがうちの社に迷惑かけてんだろうが」

人相《にんそう》の悪い三人の男が靴を脱ぎ散らかし、塔真《とうま》を押し退《の》けて部屋へズカズカ上がり込む。

部屋の中央にあぐらでそろって陣取《じんど》られると、一K《ワンケー》アパートの狭い六畳間が物騒《ぶっそう》な空気でギュウ詰《づ》めになった。

いちおうスーツ姿ではあるが、独特の雰囲気で着崩《きくず》した彼らは、普通の会社員なんかじゃない。

がなりたてる二人は体格がガッチリしていて、もとは格闘家かなにかだったのかと思うような荒々しさ。それを脇で見ているもう一人は『若頭《わかがしら》』と呼ばれる男で、ひょろりとしてはいるけどギラリと鋭い目つきはいかにも不穏《ふおん》。危ない筋《すじ》の金融会社の、借金取立人である。

「合田《あいだ》秀雄《ひでお》の借用書をじっくり見直せ。楠木《くすのき》塔真。この保証人の欄《らん》にあるのは、おめえの名前だ」

「は、はい」

「合田が逃げたら代わりに払うって約束なんだよ、これぇよ」

「す…すみません。でも今は……」

三人の恐ろしい男を前にして、塔真は正座になって身を縮め、肩を強張《こわば》らせた。

合田秀雄は、大学時代のゼミの同期で、初めての恋人でもある。卒業祝いのゼミコンパで、ひょんなことからお互いが女に興味の持てない同族だったことを知り、急速に深い仲になって半同棲《どうせい》に近い生活をしていた。

同棲と言っても、実質つき合っていた期間は半年足《た》らず。定職に就《つ》かない合田がしょっちゅう転がり込んできて、ご飯を食べさせたり、職探しに必要な交通費を都合してやったり。おまけに滞納《たいのう》した携帯料金まで払ってやったこともある。今にして思えば金ヅルでしかなかったわけだが……。

その、合田の父親が心臓病で倒れて一刻を争う大手術をすることになったと、聞かされたのは五カ月前のこと。郷里《きょうり》の家は今にも潰《つぶ》れそうな小さな商店を営《いとな》んでいて高額の医療費が必要なのに払えない、と泣きつかれた。

しかし、やっと大卒一年目になろうという新人保育士の安月給では、貸せる貯金など当然ありはしない。

それでも、自分の性癖《せいへき》を誰にも言えず悩んでいた塔真にとって、初めて出会った仲間であり恋人。見捨てるようなことはできなくて、頼まれるまま数箇所の金融会社で保証人になった。

そして、合田はかき集めた金を持って帰省したのだが……。

その後、一回目の手術は終わったと電話で一度話したきり。何度かメールしてみたけど『落ち着いたら電話する』と返信はいつも簡単なひと言だった。

きっと次の手術の準備で大変なのだろう邪魔しちゃいけないと、気遣ってその後はひたすら電話を待っていた。

ところが先月になって、『合田と連絡がとれないので代わりに入金してくれ』という旨《むね》の請求が立て続けに送りつけられてきた。

いったいどういうことかと慌てて問い合わせてみると、合田はどの金融会社にも一度も返済していないのだという。

とりあえず「本人と連絡をとってみるから待ってくれ」と頼んだものの、電話してみたら合田はすでに携帯番号を換えたらしくて繋《つな》がらない。

まさか借金を押しつけて逃げたとは思いたくなくて、祈る気持ちでアパートに行ってみると……部屋はとっくに引き払ったあと。

合田は借金を返済するどころか、塔真のもとに戻る気もないのであろうことが確定したのだ。

恋人だと思っていたのに。信じていたのに。――などと恨《うら》み言《ごと》を言って嘆いてる場合じゃない。

なにしろ借入先は複数。ただでさえ利息が高いというのに滞納《たいのう》したことでさらに利息が増え、短期間で返済額が法外に膨《ふく》らんでしまっている。毎月の請求額は合わせると十万円近くになっていて、今すぐ払えと言われても払えるものでもない。そうこうするうち、こうしてヤクザに何度もアパートに押しかけられて近所から苦情が出る始末。あげくのはてに、勤務先である保育園にまで催促《さいそく》の脅《おど》し電話をかけてこられて、園長に辞職を勧告《かんこく》されて最悪の状況に追い込まれてしまった。

「今はお支払いできるお金がないんです。ニコローンさんが職場に何度も電話をかけてくるんで、クビになってしまって」

「なんだとぉ？　俺らのせいにすんのか」

「いいえ、すいません。そ、そうじゃなくて……」

「クビんなったなら退職金で払えばいいじゃねーか」

「ま……まだやっと勤務一年なんで、退職金なんか出ません」

「給料は出んだろ、今月分の」

「それを返済にあてたら、生活できません」

「甘ったれんな！　てめえがどうなろうが知ったこっちゃねえんだよ。ケツ使って稼《かせ》ぐ
れぇの覚悟《かくご》つけろ、ボケが！」

「ケ……っ」

いくらなんでも、風俗《ふうぞく》に身を落とすのだけは勘弁《かんべん》してほしい。

「すみませんっ。保証人になってるからには、必ず完済します。早急に仕事を探してメド
をつけますから、どうか猶予《ゆうよ》をくださいっ」

必死になって畳《たたみ》に額《ひたい》を擦《こす》りつけ、ペコペコと頼み込む。そのやりとりを黙って見ていた
若頭が、片膝を立てて塔真ににじり寄った。

「保育園の先生やってんだってな」

「は…はい」

答える声が、緊張で裏返ってしまう。

「笑ってみ」

「は……？」

「笑顔を見せてみろ、っつってんだよ」

機嫌を損《そこ》ねたらなにをされるかわからないという感じの、いかにもドスの効《き》いた声だ。

塔真は恐る恐る顔を上げ、頬を引きつらせながらも口元に笑みを作った。

「悪くねえ」

満足げに言われて、背筋に汗が噴きだした。

「いい仕事を紹介してやる」

「あのっ、いえその、ふ、風俗だけは……っ」

「なんだ？　ケツで稼ぎてぇんなら、そっち紹介してもいいけどよ」

「え、いや、とんでもない」

話の流れからいって、そっち方面に無理やり行かされるのかと思ったのだが、ちょっと違うらしい。若頭はポケットから出した紙片《しへん》を、塔真の前にバンッと叩き置く。

「話は通しておいてやるから、明日そこに行け」

「あ、明日……ですか」

そこには、雑な文字でどこぞの住所と名前が書いてある。塔真はメモを手にとり、小さく首を傾《かし》げた。

若頭は、獲物は逃がさんとでもいった顔でニヤリと笑う。

「そこで雇ってもらえなかったら、売り専バーで働いてもらうぜ」

「う……っ」

仕事内容について質問したいけれど、よけいなことを口にできる雰囲気じゃない。

塔真は部屋の角に追い詰められたウサギにでもなった気分で、再び畳に額を擦りつけ了解を表した。

風俗じゃないのなら――。

「まさか、よくない薬の運び屋とか……？」

塔真は暗澹《あんたん》とした面持《おもも》ちで呟《つぶや》く。そして若頭に持たされたメモを片手に、新宿の繁華街《はんかがい》ど真ん中にある七階建てビルを不安げに見上げた。

ここで雇ってもらうか売り専バーで働かされるか、道は二つ。

と言っても選ぶのは相手方であって、今の塔真には選ぶ権利などないのである。

売り専よりはマシな仕事だと思いたいけれど、なにしろ相手はヤクザ。どんな仕事を斡旋《あっせん》されるのだろうかとビクビクしてしまう。

これから会うのは、このメモに書かれた架住芳秋《かずみよしあき》という人物。

KAZUMI《カズミ》という社名がそのままビル名に当てられていて、一階にカフェと居酒屋レストラン、二階に会員制クラブが入っている。ポストを見ると七階が社長宅になっているようで、築年数もわりと新しい立派な自社ビルだ。

管理人室には初老の男性がいて、メモを見せて「この人に会いにきたのですが」と尋ねてみると、おっとりした口調で四階オフィスの受付に行くようにと教えられた。昨夜の借金取立人とは似ても似つかない品のよさがあって、なんだか肩透かしを食《く》らったような気分だった。

オフィスにいるのもどうか平和な人たちでありますように……、と祈る気持ちでエレベーターに乗る。

しかし、ドキドキしながら四階に上がってみると、そこはさらに極道の世界とかけ離れた雰囲気で目を瞠《みは》ってしまった。

パーテーションで何区画にも仕切られたフロアは明るく清潔感があり、きちんとした身なりの社員はみな活気《かっき》に溢《あふ》れ、忙しそうに立ち働いている。しかも塔真に目を止めた社員などは、笑顔も爽《さわ》やかに「受付へどうぞ」と手で示す。

いかにも物騒な事務所だったら怖いけど、予想外のこれは、また違う意味で気後れしてしまう塔真である。

カウンターにオズオズ歩み寄ると、感じのいい女子社員が「いらっしゃいませ」と言葉遣いも丁寧に応対してくれた。

「あの、架住芳秋という方に会うようにと……」

しかしそこまで言いかけて、続く言葉に迷って声が尻つぼみになってしまった。若頭の紹介で来たのであるが、ここで『若頭』と言ってもいいものだろうか。これからもらう予定の仕事とは、表沙汰《ざた》にしてはいけない裏の事柄なのでは……と思ったのだが、女子社員は華《はな》やかに微笑《ほほえ》んで言う。

「お名前をお伺《うかが》いしてもよろしいでしょうか？」

「く、楠木塔真です」

「はい、面接でいらした楠木様ですね。どうぞ、ご案内します」

来客予定リストを照会した女子社員が、カウンターから出てエレベーターへと促《うなが》す。

面接と言われてびっくりしてしまった。案内されたのは六階の応接室。このフロアには総務部が入っていて、廊下の奥に社長直属である幹部社員の個別オフィス、そして社長室があるのだという。

立派な応接セットのソファに座ると、KAZUMI《カズミ》オリジナルブレンドのコーヒーまで出されて、思わず恐縮《きょうしゅく》してしまった。

女子社員が退室すると、間を置かず広井《ひろい》と名乗る男性社員が入ってきて塔真の向かいに座る。

「架住社長がおいでになるまで、社の概要など少しお話しします」

年齢は四十代前半だろうか。人事部主任だという彼は、テキパキしているけれど物腰も柔らかな応対で、略歴を書くようにと身上書類を差し出した。

記入しながら聞かされた概要によると、このKAZUMI《カズミ》グループは新宿を拠点に全国主要都市で、クラブ、バー、居酒屋、レストランなどを展開する優良企業。クラブとバーは縁《えん》がないのでほとんど知らないが、言われて思い出してみれば居酒屋は塔真も何度か飲みに行ったことがあるくらい、世間では馴染《なじ》み深い有名店だ。

話を通しておくと若頭は言っていたけれど、こんな立派で真っ当な会社を紹介されるとは想像もつかなかった。日雇いや臨時などの、胡散臭《うさんくさ》い穴埋め的な仕事を斡旋されたのだと漠然《ばくぜん》と思い込んでいたから、履歴書を用意するに考えが至《いた》らなかった。

若頭も紛《まぎ》らわしい言いかたをせず、普通に『会社の面接を受けにいけ』と言ってくれればよかったのにと、自分のトレーナーとジーンズを見おろして恨めしく思う。それでも明るい社屋《しゃおく》で説明を受けているることに安心して、少しずつ緊張が抜けて気分がリラックスしはじめた。

ところが。

ノックなしで応接室のドアが開いて。

「待たせたな」

「……！」

現れた背の高い男を見るなり、威圧《いあつ》されて縮こまってしまった。

「架住社長。ちょうど今、書類の記入を終えたところです」

広井がさっと立ち上がり、塔真の正面の席を空《あ》ける。

つられて塔真も立ち上がると、テーブルを挟んでいるというのに見おろしてくる架住芳秋の圧迫感は、全く距離を感じさせない。端整《たんせい》な顔立ちで、目元をすがめるようにして塔真をじっと見据える。その目線の差は十五センチくらいだろうか。長身に見合った体躯はたくましいけれど、肉づきに無駄がないのが察せられる均整《きんせい》のとれたプロポーション。ブランドスーツを着るための体だと言っても過言《かごん》ではないくらい、端然《たんぜん》とした高級感の漂《ただよ》う男だ。

「立花《たちばな》さんからおおよその事情は聞いてる。座りなさい」

流麗《りゅうれい》なバリトンボイスで言うとソファに腰かけ、テーブルに置かれた塔真の身上書に視線を落とす。

若頭は『立花さん』という名前であるらしい。ヤクザの年齢は見た目では計《はか》れないかもしれないが、あの人はたぶん四十歳くらい。架住社長は三十代前半か、多く見ても三十五歳には届いていないだろうと思える。

それにしても、この人と若頭とはどういう関係にあるのか。架住社長もヤクザなのかと訊いてみたいけど、とてもじゃないが怖くて訊けない。

この若さでその威圧感ある落ち着きは、ぜったいカタギじゃない気がする。身のこなしやしぐさが洗練《せんれん》されているだけに、裏にキナ臭いなにかを隠し持っているんじゃないかと穿《うが》ってしまう。

こういうのが映画なんかでよく見る、理知的な企業ヤクザというものだろうかと勝手に想像してビクビクだ。

ここに来ることになった経緯《けいい》があれなだけに、借金を抱《かか》えている後ろめたさも相《あい》まって、塔真はギクシャクして架住の正面に腰を下ろす。目が合うと、首がめり込みそうなほど身を縮めて俯《うつむ》いてしまった。

「保育士を職業に選んだ理由は？」

架住はさっそく質問しながら、視線を広井に向けなにか指示を出す。広井は「すぐお連れします」と答えて応接室を出ていった。

塔真は恐《おそ》る恐る架住に目を合わせる。相手の目を見て話すのは面接の基本であるが。

「こ、子供が好きなので」

言った瞬間、額に冷や汗がじっとり浮いた。ありふれすぎていて、理由にもならない理由だ。しかも今は「子供が好き」だなんて男がうっかり言うと、不審《ふしん》な目で見られる時勢《じせい》

なのだ。

「その、うちは……三世帯同居の大家族で、すぐ近くに親戚《しんせき》もいて、年の離れた妹やイトコたちの面倒をみていたので仕事にしたら向いてるかなと……思いまして」

まとまりも悪くしどろもどろで言いなおすと、架住は軽く頷いてまた身上書に視線を走らせる。

「実家は山梨。三世帯とは、広い家に住んでるんだな」

「ぶどう園をやってるんで」

「ほう。山梨のぶどうは良質だ。うちも甲府《こうふ》のワイナリーと取り引きしてる」

「そ、そうですか……」

会話が雑談になったけれど、塔真の緊張はMAXで声が頼りなく掠《かす》れていく。

「せっかく希望の職に就いたのにクビ。文句も言わず他人の借金を返済するとは、お人よしだな」

「ほ……保証人になった責任は、自分にもありますから」

「若頭に脅されたか」

「でも、今は金がないけど返済は必ず」

「花龍《かりゆう》組の取立てはきついからな。ここに回されたのは運がいい」

そう言うけれど、ニコリともせず目元をすがめてじっと見つめてくる威圧感が、怖いのである。運がいいとは、売り専バーで働かされるのと比べてどのくらいマシなのか、これから課せられるであろう仕事が予想つかなくて不安が湧《わ》く。

「返済額は、利息も合わせて各社合計約五百万。それで、逃げた男とは借金を肩代わりしてやるような特別な関係なのか？」

「かっ、過去のことです」

緊張のあまり、思わず簡潔かつストレートに認めてしまった。もはや機転をきかせて取り繕《つくろ》うこともできない思考状態だ。

その忌憚《きたん》のない言葉には、合田と恋愛関係にあったのかという意味があきらかに含まれている。さすが、男同士のカップルなど珍しくない街に住む人間。察《さっ》しがいい。

これは雑談じゃなく、れっきとした面接の問答《もんどう》だ。雇用主となる立場の架住は、塔真が借金を踏み倒した合田と同類の無責任な人間かどうかを、推《お》し測っているのだろう。

真剣なつき合いをしているつもりだった。金銭にだらしないところがあるのはわかっていながらも、返済しないのは郷里でなにか良くないことでも起きたんじゃないかと思おうとしていた。だけど、こんな徹底的に音信不通では、彼にいいように利用されただけだったと認めるしかない。窮地《きゅうち》に立たされた今、合田のことなど忘れてそれこそ死ぬ気で借金を肩代わりしていくしかないのだ。好きだったのにとか、裏切られたのにとか、惨《みじ》めな感傷《かんしょう》をいつまでも抱えていたくないから——。

そんな、答えにくい複雑な心情を見透かすような視線がいたたまれなくて、心拍数がずんずん上がっていく。

「あの……俺、ぼ…僕は仕事をいただけるんでしょうか——」

と、緊張にたえきれず意を決して訊きかけたところで、ノックが響いてドアが開いた。

「失礼します。夏輝《なつき》くんをお連れしました」

先ほど出ていった人事部主任の広井が戻ったのだが、かたわらに小さな男の子を連れているのを見て一転、思わず塔真の顔が緩《ゆる》んだ。

「夏輝、ここに座りなさい」

架住が自分の隣を示すと、夏輝はパタパタと運動靴を鳴らして駆けてくる。よじ登るようにしてソファに座ると、興味津々《しんしん》の笑顔で小首を傾げた。

「自己紹介できるな?」

「はいっ。かずみなつき、もうすぐよんさいです」

ハキハキしてるけど、どことなくまだ舌ったらず。華奢《きゃしゃ》な手を思いきり伸ばして、得意げに指を四本立てて見せる仕種《しぐさ》がことのほか愛らしい。

「こちらは、楠木塔真くん。これからおまえの世話をしてくれる人だ」

「とーまくん？」

「あ、はい。とーまです。よろしくね」

調子を合わせて挨拶《あいさつ》する塔真は、緊張を忘れて破顔《はがん》してしまった。

「よろしくおねがいしますっ」

膝の上で小さな両手をそろえ、いっちょまえにペコリとおじぎする。

幼いながらもはっきりした目鼻の造作《ぞうさく》をしていて、ひと目で架住の息子だとわかるきれいな顔立ちだ。似ていないところといえば、アーチを描いた眉とぽってりした唇の形と、柔らかな天然パーマ。そこはきっと母親譲《ゆず》りで、美男美女のいいとこばかりをもらっているのだろう。

躾《しつけ》の行き届いた挨拶からも、両親の聡明《そうめい》な遺伝子を一身《いっしん》に受け継《つ》いでいるのが窺《うかが》える将来の楽しみな子供である。

「あの、世話って」

自分に割り当てられる仕事内容に期待して、面接に受かったのだろうかと目がキラキラしてしまう。

「夏輝の子守《こもり》だ」

「はい！」

「三階に従業員用の託児所がある。夏輝に合わせて朝九時から保育士として入って、夜七時に自宅に連れ帰り風呂に入れて寝かしつけてもらいたい。そのあとは俺が帰るまでつき添《そ》って待機《たいき》。時給制のアルバイト待遇《たいぐう》だが」

架住の言葉の切れ間に、広井が雇用条件を連《つら》ねた書類を塔真に差し出す。

「帰宅は不規則で、夜中の一時をすぎることも多いからそのつもりでいろ。社はいちおう土日休みだが、俺に合わせて週休二日はほぼないと思っておけ」

「架住社長の勤務時間が、そのまま俺の勤務時間になるわけですね」

「俺は本来、つき合いのない他人――つまり信用できるかどうかも知れない人間を家に入れるのは好《この》まない。今回その気になったのは、若頭の推薦《すいせん》だからだ。意味はわかるな？」

言う架住の目が、刺すような鋭い光を帯《お》びる。

新宿の繁華街という、物騒な事件の絶《た》えない街で生きる人である。目の届かないところで夏輝に傷をつけられたり、金品を盗んだりといったことを警戒しているのだろう。おまえは若頭に首根っこを押さえられているのだから、めったなことをすればただじゃ済まないぞと暗《あん》に脅しをかけているのだ。

やらかすはずもないのに、失礼にも犯罪を牽制《けんせい》する発言をされて内心ムッとした。普通なら憤《いきどお》ってこっちからお断りしたいところだ。

しかし、今は反論などできる立場じゃない。ここで面接が決まらないと、売り専バーなのである。

それと比べたら、目の前にいる夏輝の存在は天使だ。

無礼《ぶれい》な扱いを受けようがなんだろうが、逆にしがみついてでもぜひ働かせてもらいたい。

塔真は、架住の見据《みす》えてくる目をしっかり見つめ返し、精一杯の誠実さを全身にみなぎらせた。

「信用してください。資格を活《い》かせる仕事をいただけるのに、仇《あだ》で返すようなことは絶対しません」

「期待しておこう。拘束《こうそく》時間が長いが、条件と待遇については相談に応じない。それでいいな？」

「もちろんです」

押しつけるようにして言われるけれど、不満などあるはずもない。書類にさっと目を通してみても、託児所では昼と夜の二食付きで休憩もあって、アルバイトの相場だと思えるまともな時給。交通費も全額支給で、帰りの電車がなくなった場合のタクシー代を含むと記《しる》されている。労働時間が長いぶん、今までの保育園の安月給より収入はかなり増える計算である。

その多くなった収入をガンガン返済にあてていけば、借金生活も早く終わって言うことなし。

人様に言えない裏稼業《かぎょう》に足を踏み入れるのかとビクビクしていたけど、意外にも職種を変えることのないありがたい話だ。

それにしても、朝から父親の帰宅時間まで他人の世話が必要ということは、架住家は父子家庭。事情を聞く前に塔真はもう、夏輝が不憫《ふびん》でギュウウウっと抱きしめてあげたくなってしまう。

「お母さんは……」

病気で長期入院中か離婚か、または……。訊ねながらそっと窺うと、夏輝は両足をプラプラさせ、無邪気に塔真を見つめていた。

「二年前に癌《がん》で」

「ああ……」

やはり死別であったかと、塔真は声を詰まらせた。

永久記憶がつくのは平均して三歳からといわれる。生きてさえいれば、一緒に暮らしていなくとも母の温《ぬく》もりに触れることは可能なのに。先立たれた当時まだ二歳だった夏輝には、母親の思い出はなにひとつ残されていない。新しい思い出を作ることも叶《かな》わない。

大家族の中で育った塔真にとって、父ひとり子ひとりの静かな生活を想像すると一番身につまされるケースだ。

「お母さんの代わりを務《つと》めるつもりで頑張ります。でも、託児所では他の子供たちと同じように接してもかまわないでしょうか。ひいきしているとみんなに感じさせてしまったら、夏輝くんのためにならないので」

背筋をしゃんと伸ばし、生来《せいらい》のしっかりした態度で言う。

架住の威圧感に気圧《けお》されて受け答えもままならなかったけれど、子供のためとなれば話は別だ。

「そうだな、所内のことは任せよう」

「ありがとうございます。あの、架住社長はいつもこの社屋にいらっしゃるんですか？」

「いや、出てることも多い。なにかあれば携帯に連絡を入れてくれ」

「わかりました。仕事はいつから始めればいいでしょう」

「すぐにでも。今夜は十二時前には帰れると思うが、できるか？」

「はい、大丈夫です。アパートにいても、どうせなにもやることがないし」

話が決まると、聡《さと》く察した夏輝が半身をひねり、そっくり返るようにして隣に座る父を見上げる。

「塔真くんを三階に連れていってあげなさい」

「うんっ」

待ってましたとばかりにソファから飛び降り、嬉しそうに塔真の前に駆け寄った。

「なっきがねえ、つれてってあげるから。いこ」

「ありがとう、頼むね」

笑みを返し、繋ぐ手を差し出してやると、少しはにかむようすの夏輝が塔真の手をキュッと握った。

グイグイ引っ張られてエレベーターに乗り込むけど、実際に案内してくれるのは広井である。

「新しくて、きれいなビルですね」

「三年前に建てたばかりです。託児所も奥様が入院中に、夏輝くんのために開設されたんですよ」

「ということは、夏輝くんのお母さんはここにはほとんど住めないうちに……？　闘病生《とうびょう》活は長かったんですか？」

「若い人の癌は進行が早いそうで、病気がわかった時にはもう……。たった半年でした」

「おかーさんはね、てんごくでなっきをみてるんだって」

夏輝が、塔真の手にぶら下がるようにして口を挟む。

「あ、そうだね。夏輝くんがいい子だから、天国でお母さん喜んでるね」

とっさに答えながら、目の縁《ふち》がジワリと潤《うる》んだ。母親の闘病の話など子供の前でするこ
とではなかった。でも、しまったと思ったけど当の夏輝にとっては、自分に関する話題で
あっても母の存在は実感のない絵空事《えそらごと》も同然。

「とーまくんは、おとーさんのおともだち?」

それより塔真のことが知りたくてウズウズする、といった顔だ。

架住との雇用関係をどう説明したらいいものか。

「とーまくんは、えーと……」

言いかけて一瞬迷っていると、広井が。

「塔真くんは、夏輝くんのお父さんの会社でお仕事する人だよ」

助け舟を出す。

「ひろいさんとおんなじ?」

「そう、広井さんと同じ」

夏輝は、見上げた広井の顔から塔真に目を移し、エへと笑って人差し指で自慢げに鼻の

下をこすった。子供ながらの理解で、社長である父の立場を誇《ほこ》らしいものとして把握《はあく》しているのだろう。

三階のエレベーターホールに出ると、『カンガルー保育室』というプレートを首にぶら下げた大きなクマのぬいぐるみが、椅子に座った格好で迎えてくれる。

ドアを開けてすぐに大きな上がり口があって、靴箱には何足かの小さな靴。子供たちがどこにいても見渡せる造りの室内は、真ん中あたりで仕切られており、畳の部屋にはベビーベッドが二台と隅に布団《ふとん》が重ねて置かれている。タイルカーペットのフロアは畳の部屋より広めで、そこが遊戯《ゆうぎ》スペースなのだろう。お絵描きしたり積み木をしたり、子供たちが思い思いに遊んでいた。

靴を脱いで上がると、好奇心満々の幼い目が塔真に集まった。

「保父《ほふ》さんの面接、決まったの？」

年配の女性が福々しい笑顔で歩み寄り、塔真に親しげな会釈《えしやく》を送る。

「ええ、ここは朝九時から入ってもらいます。夕食のあと七時には夏輝くんを連れて上がりますから。楠木くん、こちらはチーフ保育士の近藤《こんどう》さん」

「楠木塔真です。よろしくお願いします」

「よかった、これでシフトが楽になるわ。よろしくお願いしますね」

託児所の預かり時間は朝九時から深夜三時まで。現在、昼間は内勤の社員とレストラン従業員の子供八人が預けられていて、母親の勤務が終了すると順次お迎えにきて帰宅していく。そして夕方になると入れ違いにホステスさんの子供が次々やってくるのだが、この界隈《かいわい》だけでもバーやクラブなど合わせて六店舗に及《およ》ぶ社の本拠地。昼間と違ってシングルマザーも多く、乳児から小学校低学年まで常時三十数人を面倒みているのだという。

その時間と人数に対し、保育士は近藤チーフを含めて六人でシフトを回しているというのだから大変だ。しかも、この本社は土日休みだが、店舗のほうは無休か平日休み。当然それに合わせて託児所も無休となる。

つまり、そこに塔真が入れば九時から七時までの人員を夜のシフトに回せるし、休みの調整もしやすくなる。塔真の存在は、夏輝の世話をするかたわら人手不足の託児所の助っ人にもなる一石二鳥のバイト保育士というわけだ。

「仕事でお疲れの社長も少しは負担《ふたん》が減るわね。ここはいちおう九時に就寝《しゅうしん》なの。いつも夜中に社長が連れて帰るんだけど、最近はなんだか一度目を覚《さ》ましちゃうと興奮気味でなかなか寝なおしてくれないみたいで」

「なるほど。成長段階で睡眠の深さもリズムも変わってきますから」

「いい人が来てくれて頼もしいわ。夏輝くんは手がかからないけど、よろしく頼むわね」

近藤は目尻にシワを寄せ、人の善《よ》さそうな笑みで言いながらクルリと振り返る。

「みんなー、新しい先生がきましたよー。く・す・の・き、とうま先生でーす」

大きな声で紹介すると、子供たちがワァーと声を上げて塔真を歓迎する。

「とーまくん、ブロックすき?」

夏輝は握った塔真の手を離さず、部屋の真ん中に散らかったブロックを指差した。遊んでいたところを広井に呼ばれたのだろう。

「大得意だよ。夏輝くんはなにが作れるのかな?」

「いろんなの、いっぱい。いっしょにロボットつくろ」

引っ張られてブロックの前に座ると、他の子供たちもわらわら集まってきて、賑《にぎ》やかな声に取り囲まれた。

朝、八時四十分。いつも通り一階のカフェをガラス越しに覗くと、カウンター席に座った夏輝が今か今かといったようすで外を見ていた。

塔真と目が合うと、夏輝専用のチャイルドチェアからすべり下り、一目散《いちもくさん》に駆け出してくる。

転びそうな勢いで飛び込んできたのを受け止めて、ひょいと抱き上げてやると、夏輝はキャハッと笑い声をたてた。

「とーまくん、おはよーっ」

「おはよう。なっきくん」

『なっき』というのは、母親が呼んでいたのがいつの間にか周囲にも定着して、今は架住も公認の愛称となっているのだと聞いた。それを知った塔真は、誰よりも深く親愛の情をこめて、「なっきくん」と呼んでやる。

「朝ご飯はなんだった？」

「クラムチャウダーとスクランブルエッグ。あとレーズンパン」

「お残ししなかった？」

「うん、ブロッコリたべた」

濃い色の野菜が苦手な夏輝は、胸を張って言う。

「よーし、えらいぞ。栄養補給は完了、今日もエンジン全開で遊ぼう」

「エンジンぜんかいっ、ぶんぶーん！」

「ブンブン、ブブーン！」

盛り上げてから下ろしてやると、塔真の先に立ちギャロップ混《ま》じりの不器用なスキップでエレベーターに乗り込んだ。

ビルの七階に住む夏輝は、いつも身支度を終えると一人でこのカフェに来て、用意された朝食をとっているのだ。

そして、昼と夜は居酒屋レストランが託児所用に作る賄《まかな》い弁当。一日三食とも、侘《わび》しい外食である。

とりあえず食材と栄養バランスには問題ないとしても、家庭料理と違って味付けが濃いのは、味覚形成や健康面などいろいろな意味で心配だ。なにより、成長過程において最も重要な食べるという行為の中で、父親の存在が薄いのは情操教育によくないのではないかと、塔真は憂《うれ》えてしまう。

近藤チーフやたまに顔を合わせる広井からちょこちょこ聞いた話によると、架住は毎朝九時すぎに社長室に入り、仕事をしながらカフェから届けられたサンドイッチ類を食べているらしい。

夏輝は、歯磨きも着替えもなんでも一人でできるんだと得意げに言うけれど、ということは話を総合してみると――。

夏輝は仕事で疲れているお父さんを起こさないよう、一人で起床《きしょう》して一人で身支度をして、カフェに下りているのではないだろうか。架住はできた息子なのをいいことに、世話もせずギリギリまで寝ているんじゃないかと想像できる。

やっと四歳になるという幼い子供が、父を思いやり自分のことはなんでも一人でやっているのだ。

思いきり抱きしめて褒《ほ》めてあげたいけれど、あまりにも健気《けなげ》すぎて涙が誘われる。

これまで、一日のうちで夏輝が大好きなお父さんと過ごせるのは、夜中の帰宅で目を覚ました時だけだった。たまの休日ていどじゃ、積もった寂しさは埋められるはずがない。初日に、『最近は一度目を覚ますと寝なおしできなくなっていて社長が大変だ』そんなことを近藤チーフが言っていたけれど、夜中に目を覚ましてお父さんがいたら、嬉しくて寝なおしできないのも当然である。

いくら忙しいからといって、育児を他人任せですますそうなんていう父親の在《あ》りかたは許せない。せめて二十分でいいから早く起きて、カフェの朝食を自宅に届けさせて一緒に食べてあげてほしいと思う。夏輝が可愛いならそのくらいできるはずだ！

——と言ってやろうと、この一週間あまり、機会を窺っている塔真である。

三階でエレベーターを降りると、近藤が大きなぬいぐるみのクマを椅子にセットしているところだった。

「おはようございます、近藤先生」

「おはよう、塔真先生。おはよう、なっきくん」

「こんどうせんせい、おはようございます」

夏輝は元気に挨拶をして、椅子に座ったクマのお腹をポンとたたく。

「おはよー、クーさん」

ぬいぐるみの名前は、クマのクーさんという。安直な名づけだけれど、子供たちが朝と帰りに挨拶をしながら必ずポンッとたたくから、お腹の部分がすっかり黒ずんでしまっている。毎日ホールに座ってお迎えとお見送りをするこのクーさんは、みんなに愛されるマスコットなのだ。

カバンをロッカーに入れてオレンジ色のエプロンをつけると、九時までの十分間でやることは子供たちを出迎えながらの簡単な拭《ふ》き掃除《そうじ》。掃除機がけとオモチャの消毒は、子供たちが帰ったあとの夜シフトの作業に分担されていて、「清潔な環境作り」が近藤チーフのモットーなのである。

そうこうするうち、母親に連れられた子供が次々にやってきて「こんどうせんせい、とーまくん、おはよう！」と、所内に日常の賑やかな声が溢れかえる。

最初の一日目は『とうませんせい』だったけど、夏輝が『とーまくん』と呼ぶのでいつの間にかごく自然に定着してしまった。保育士たちはお母さん方より年齢が上なので、塔真は最年少。託児所の黒一点であり、子供たちにとって、親しみやすく頼りにもなるお兄さん先生の『とーまくん』だ。

濡れ雑巾《ぞうきん》で棚を拭いていると、乾いた雑巾を持った夏輝が塔真の真似をしながらちょこまかとあとにくっついて歩く。

ふと、軽い足音がパタパタと走り寄ってくるのが聞こえて、振り向いたと同時に太腿《ふともも》に飛びつかれた。

「とーまくん、たっちゃんもおそーじ！」

昼間の子供の数は夏輝を入れて八人だが、母親の勤務時間によって預かり時間はまちまち。下は二歳から上が四歳までで、夕方五時すぎに夜の子供たちと入れ替わるまでの間はわりと平和な保育だ。

そんな昼預かりの子供たちの中でも、夏輝と生まれ月の近いのが、この三歳児の達彦である。

ちょうど真似《まね》っこの大好きな年頃。達彦は塔真の掃除している棚の上を一緒に拭きたがって、雑巾を振り回しながらジャンプする。

「はい。隅っこまで上手にできるかな？」

言いながら、達彦を抱《かか》え上げてやる。と、すぐさま夏輝が塔真のエプロンの裾《すそ》をグイグイ引っ張った。

「なっきがやるの」

「だーめ、たっちゃんだもん」

「順番にしよう？」

「だめ、とーまくんのだっこはなっき」

今度は足をつかんで、無理やり引っ張り下ろそうとする。

「やーっ、なっきくんだめえ」

「あ、なっきくん、引っ張ったら危ない」

嫌がって暴れる体が、ずり下がっていく。塔真は抱っこしきれなくなって、達彦を床に

下ろした。

すると夏輝は急いで塔真にしがみつき、あっちに行けと膨《ふく》れっ面《つら》で達彦の胸を押す。すぐに達彦が対抗して夏輝の頭を雑巾ではたき、夏輝がやり返すと達彦がまた手を出す。

「こら、こんなことでケンカしちゃいけないよ」

塔真は二人を引き離して間にしゃがみこみ、右腕で夏輝、左腕で達彦を抱えた。

夏輝は塔真を独り占《じ》めしたい。達彦は大人の真似をして棚の高いところを拭いてみたい。ただそれだけのことだ。焼きもちをやくほど夏輝が懐《なつ》いてくれるのは嬉しいけれど、こんな場合は言い聞かせと話し合いで納得させるに限る。

ところが。

「たっちゃん。近藤先生が抱っこしてあげるから、ここ拭いてちょうだい」

言い聞かせようとした塔真を、遮《さえぎ》るかのようにして近藤が声をかける。

窓ガラスの高いところを指差しているのを見て、達彦は大喜びで駆けていってしまった。

「あの、近藤先生。言って聞かせればわかりますから」

「いいのよ。早くお掃除終わりにして、朝の体操しましょ」

子供同士の諍《いさか》いは日常茶飯事だけど、夏輝がケンカしそうになるといつもこんなふうに引き離してしまう。

もとはと言えばこの託児所は、社長の一人息子である夏輝のために開かれたもの。近藤チーフをはじめ保育士たちは架住に気を遣い、夏輝に怪我《けが》でもさせちゃいけないと過保護《かほご》にしているのだ。

夏輝は聞き分けがいいし、なんと言っても、幼い子供同士のこと。とりあえず引き離しておけば、すぐに忘れてまた仲良く遊び始める。保育士にとって、それが一番平和で手のかからない方法なのである。

それはわかるのだが――。

「ケンカはあやふやで終わらせたくないんだけどな」

ため息混じりで思わずこぼしてしまうと、夏輝が上目遣いで塔真を見上げ、ショボンと俯《うつむ》いた。

ため息に反応したのだろう。うっかりな顔を見せてしまった。

ケンカはよくないというのは、わかっているはず。でも、なにがいけなくてどうしたらいいのかは、漠然《ばくぜん》としか理解できていない。

だから、どんな小さな諍いでも、衝突した同士が一緒に考えて解決できるようにその場で誘導してやりたかった。社長子息なんて立場は関係なく、みんな同じなのだということをわかってほしい。夏輝にも、ほかの子供たちにも。

今はまだ幼くて理解できなくても、そんな積み重ねが人間関係の基礎を作っていくのだから。

しかし、相手がいなくなっては夏輝にだけ言い聞かせても片手落ち。

「ねえ、なっきくん。力ずくで人を思い通りにするのはいけないことだよ。今度ケンカになりそうな時は、深呼吸で頭冷やしてみようね」

「うん。しんこきゅうでひやす」

言ってから、夏輝はどういう意味かわからないといった表情で首を傾げる。

今はまだ、言葉の全てが理解できなくても当たり前。それでも心のどこかにとどまっていれば、それは成長とともにいずれ実を結んでくれるものだ。

残念だけど、今回は軽く注意を促すだけにしておいて。

「それじゃ、お掃除の続きしよっか」

塔真は笑いかけ、夏輝を抱き上げた。

託児所の夕飯は午後六時。乳児から小学生までの三十数名がそろい、賑やかにキッズテーブルを囲む。

そして、ごちそうさまのあと食べこぼし食べ散らしを掃除して、ひと息つくとすでに午後七時。夏輝を連れて帰る時間となる。

「さ、なっきくん、塔真くん、帰りましょう」

あとは夜シフトの保育士に任せ、近藤が先に立ってエプロンを外《はず》す。

「お疲れさまです。近藤先生は時間が長いから大変ですね」

「ほんと、この年齢になるとさすがに疲れが残っちゃうわ。でも塔真くんが早くに慣れてくれたから、そろそろシフト調整するつもり」

「戦力になれるように頑張るんで、どんどん頼ってください」

言いながらエプロンを外し、カバンをたすきがけすると、待ちかまえていた夏輝がサッと手を繋いでくる。

クマのクーさんのお腹をポンとはたいてさよならをすると、一台しかないエレベーターはお疲れの近藤に譲り、塔真と夏輝はホールの隅にある非常階段を使って七階へ上がっていく。

エレベーターホールから続く門扉付きポーチまでは、緑の濃淡を描く様々な観葉植物に彩《いろど》られていて瀟洒《しょうしゃ》。いかにもビルの持ち主であり特権階級である人物の住居といった雰囲気の、洗練されたハイグレードな空間だ。

預かっている鍵でドアを開け、一歩入るとセンサーが反応して、柔らかな照明が玄関内を照らした。

「ただいまーっ」

「おかえり、なっきくん」

靴を脱ぎながら、塔真がおかえりを言ってやる。

夏輝は廊下を走ってリビングから洗面所まで灯《あか》りを点けて回り、そしてすぐ歯磨き。それが終わると、次は風呂。浴槽にお湯が溜まると、二人していそいそと服を脱ぐ。

塔真もここで入浴をすませてしまえば、どんなに遅くなってもあとはアパートに帰って寝るだけだから助かるのだ。

裸になってバスルームに入ると、夏輝はさっそく棚を見上げて指を差す。

「にゅうよくざいはぁ、むらさき」

「よし、ラベンダーだね」

塔真は、数種類のアロマ入浴剤を取りそろえてある棚から、ラベンダーのボトルを手にとって見せた。

「うん、らべんだぁ！」

期待に満ちた目で湯船を覗き込む夏輝の上から、芳香《ほうこう》を放つ入浴剤を湯に落とし入れてやる。オレンジ色の液体が煙みたいに湯の中で広がり、すぐ紫色に変わっていくのを見て、夏輝は歓声を上げて湯船をかき混ぜた。

紫の帯がマーブルを描きながら薄まって、最後には湯船がきれいな薄紫色になる。それが不思議で楽しくてしかたのない無邪気な四歳児。いや、正確にはまだ三歳児だ。

「さ、頭を洗おう」

シャワーを出すと、夏輝は子供椅子に座り大きく息を吸い込む。ほっぺたを膨らませて息をとめ、両掌で顔をギュッと覆った。

「シャンプーするよ」

下洗いで濡らした髪にシャンプーをつけ、塔真が指でワシワシと泡立《あわだ》ててやる。

「はい、流すよ」

少しずつシャワーをかけると、泡が夏輝の手の甲をつたって流れていく。

数秒ごとにプハ～と口を開け金魚みたいにパクパクしてはまた口を閉じているのは、一生懸命に息継ぎをしているからである。

夏輝は今までシャンプーハットを使っていたのだけど、塔真の洗髪を見て真似したがって、昨日からハットなしの練習を始めたばかりなのだ。

「あっ、いた！　いたた、いたい」

うっかり目を開けてしまって、シャンプーがしみたらしい。両手でむやみに顔を擦《こす》りながら、足をバタバタさせる。

「ほら、擦っちゃよけいひどくなるよ」

あらかじめ準備していたタオルで拭きとってやると――。

「にがいっ。にがいにがい～」

今度はシャンプーの入ってしまった口を歪《ゆが》めてべーと舌を出す。

きれいな湯で目を洗ってうがいさせてやったけれど、しばらくは真っ赤な涙目でハナミズとヨダレがとまらない。

「目が痛いのは治った？」

「うん……。きのうはじょうずにできたのにぃ……クシュッ」

鼻腔《びくう》が刺激されて、くしゃみも出る。体を洗い終わって湯船に浸かると、夏輝は悔《くや》しそうに唇を尖らせた。

「明日はきっとうまくいくよ。頑張れ」

「とーまくんは、どうしてへいきなの？」

「しっかり目を瞑《つむ》ってるから」

「くちもあけない？　どうやっていきするの？」

「下を向いて、少しだけ口を開けて隙間から息をするんだ。なっきくんもすぐできるようになるよ」

「どのくらいすぐ？」

「そうだなあ……。お誕生日くらいかな」

答えてやりながらアヒルの玩具《おもちゃ》を沈めて、パッと手を放す。湯からピョコンと勢いよく飛び出すと、夏輝は声をたててはしゃいだ。

「ねえねえ、シャンプーはおはなのにおいなのに、なんでにがいんだろう」

「甘かったら頭を洗うたびに飲みたくなっちゃうでしょ。飲んだら体に悪いからだよ」

「どく？」

「毒ではないけど、汚れを落とすためのお薬だからね」

「おくすりはおはなでつくるの？　なっきのかぜぐすりあまかったよ。おはなのみつでつくったの？」

まるで薬の秘密でも暴《あば》いたかのような顔で、夏輝はキラキラの目を丸くする。小児科で処方《しょほう》されるシロップの甘味を思い出して、この会話に結びついたのだろう。

「うーん、なっきくんのお薬とはちょっと違うんだな」

どう説明してあげようかと考えながら、おかしくてクスクス笑ってしまう。

豊かな連想が広がり、大人では思いもつかないようなところに着地する、単純でいて無限の思考回路。ちっちゃな頭で一生懸命いろんなことを想像して考えて、不思議に思ったことを無心にぶつけてくる。塔真は、子供のこの質問攻めが大好きだ。

成長するにつれ、自然と覚えるであろう薬品の一般知識。

「石鹸《せっけん》とシャンプーにはね、汚れバイキンをやっつける正義の味方がいるんだ。その武器からバイキンの嫌いな苦《にが》いビームが出るんだよ」

シャンプーはなぜ苦いかという疑問に戻り、十を数える代わりにバイキンを倒すヒーローのたとえ話で解説して湯船から上がる。

風呂上りの牛乳を飲んでる間にバイキンとヒーローの戦いを紙に描いてあげると、夏輝はそれを大事に持ってベッドに入った。

「なっきのバイキンはおふろでぜんぶやっつけたかな。せいぎのみかたはもうおうちにかえった?」

いつもは寝つくまで絵本を読んであげるのだけど、塔真の絵に見入っている夏輝の質問はなかなかやまない。

でも、ヒーローの活躍物語を即興《そっきょう》で作ってお話してやると、十分もしないうちに電池切れみたいにしてコトンと目を閉じた。

健《すこ》やかな寝息を確認して、塔真の口元がふわりと緩んだ。これから夢の世界にいって、ヒーローと一緒に大活躍するのだろうか。

「楽しい夢を見てね」

祈るような声で囁きかけてやり、足音を忍ばせて子供部屋を出た。

廊下を歩きながら、壁にかけられた絵画や趣味のいい調度品を眺め、塔真は複雑な思いの絡むため息を漏らしてしまう。

七階フロア全部を使った四ＬＤＫは目を瞠《みは》るほど広く、夏輝の部屋も畳にして十畳分はありそうな洋室だ。架住の主寝室には入ったことはないが、ドアの位置からしてもっと広いだろう。

飾りガラスで区切られたキッチンとダイニングは、そこだけでも塔真の住むアパートの一Ｋを上回るゆったりした間取り。ヨーロッパ調の応接セットがどんと構えたリビングに至っては、三十畳近くあるだろうと思える。いや、三十畳は優《ゆう》に超《こ》えているに違いない。

おまけに、色とりどりの花の鉢植えをディスプレイしたサンルームと、そのガラス張りのむこうはバーベキューパーティでもできそうなルーフバルコニーまである。

三世帯同居の塔真の実家もたいがい広いけれど、さすがに都会の金持ちは眩暈《めまい》がしそうなくらいグレードが違う。初めてこの家に上がった時には、言葉を失くしてあんぐり口を開けたほどの豪華さだ。

しかし、高級家具や調度品がピカピカに磨《みが》かれ、室内全て整然としているところが、小さな子供のいる家庭の生活感からかけ離れていて逆にもの哀しい。夏輝の部屋でさえいつでも生理整頓されているのを見ると、塔真は胸がシクシクしてしまう。

ダイニングに入って椅子に座り、テーブルに置かれた大学ノートを開いた。夏輝の一日のようすを記した、保護者への連絡帳のようなものである。

父一人子一人なのに、ほとんど父親不在の家庭――。

カフェで朝食をとり、託児所で一日を過ごして七階の自宅に帰る。この一週間余りを見る限り、夏輝はビルから一歩も外へ出ることがない。休日には公園にでも連れていってもらってると思いたいけれど、あの仕事人間の架住では期待できないような気がする。

日々の経験をスポンジのように吸収して成長する大事な幼児期なのに、夏輝の見る世界はあまりにも狭すぎる。社長子息だからといって、託児所ではケンカもさせないほど大事にされている環境。賢くて聞きわけがいいだけに、寂しさを抱えたまま育っていくのは不憫だ。

それに、今はよくても、いずれ自我の芽生《めば》えがそのまま高慢な我侭《わがまま》になってしまわないとも言いきれない。できれば幼稚園か保育園で、同じ年齢の子供とぶつかりながら協調していく集団生活を学んだほうがいいと、架住に勧めたいと思う。

もっと先のことを考えると、小学校に上がって一人で外に出るようになってもここは新宿繁華街のど真ん中。不夜城《ふやじょう》といわれる街には危ない遊びや物騒な人間がうじゃうじゃいて、とてもじゃないけど子育てに適した環境ではないのである。

そんなことも全部ひっくるめて、一度じっくり相談したい。けれど、深夜に帰宅する架住とはゆっくり話せる雰囲気がない。

それよりも、彼が本当にヤクザで特殊な育児方針を持っていたりしたら……。

なにしろ若頭に首根っこを押さえられている立場である。よけいなことを言って怒らせたら、恐ろしいことになるかもしれない。そう考えると、夏輝のためにいい環境を整えてやりたいのになにも言えなくなってしまう。

せめてこのノートを読んで我が子の行動や気持ちを把握《はあく》してくれればと思うのだが、忙しい架住が毎日きちんと目を通してくれているのかどうか、ひと言も反応がないところがジレンマだ。

書き終えたノートを閉じ、ふと聞こえた物音に耳をそばだてた。

夏輝が目を覚ましたのかと思ったけれど、子供部屋とは反対の廊下の向こう。玄関で履き替えたスリッパの足音が、ゆったりとした運びで近づいてくる。めずらしく架住が早く帰ったのだ。

時計を見ると、まだ十時半を回ったばかり。夏輝の環境改善を訴える、めったにないチャンスだ。

塔真は廊下で架住を出迎え、ドキドキしながら丁寧にお辞儀《じぎ》をした。

「おかえりなさい」

いつものことだが、架住と顔を合わせるこの瞬間はへんに緊張してしまって、自分が主人にかしずく召使いになったような気がしてしまう。

「ああ、お疲れさま」

「今夜は早いお帰りですね」

「家で片付けられる書類を持ち帰ったからな。風呂にでも入って、気分転換してまたひと仕事だ」

「あ……そ、そうなんですか……」

ちょっと早起きして、朝ご飯を一緒に食べてあげてほしい。できれば幼稚園に入れて、外の世界を見せてあげてほしい。それから、それから……。

どこからどう話そうかと張りきって考えていたけれど、空気が抜けるみたいにして気力が萎《しお》れていく。

架住はそんな塔真のようすなど気にもとめず、歩を進めて前を通りすぎ、寝室に向かいがてら軽く顔を振り向けた。

「たまには早く帰って、ゆっくり休むといい」

低い声音の中に、微《かす》かな疲労が感じられた。労《ねぎら》いともとれる言葉面《づら》なのに、仕事が終わったらさっさと帰れと追い払われているような気がして、塔真はますます萎んだ。

「お、お風呂でシャンプーが目に入ってしまって……。すぐ洗い流したから大丈夫だとは思うけど、強く擦っちゃったんで……朝、いちおう見てあげてください」

会話を繋げようとして言うと、架住は塔真に向け首をひねった格好のまま足をとめた。

「気をつけておく」

「あの、あ……今日はニンジンもほうれん草も、残さず食べました。あ、あと……、お昼寝は三十分で起きちゃったんで、今はぐっすりです」

「そうか、ご苦労だった」

言うと、架住はまたふいと背を向ける。

「あ……あの……」

少しでいいから話す時間をもらえないだろうか。言おうとした口が強張《こわば》った。

「なんだ、まだなにかあるのか？」

肩越しに見つめる目元がすがめられ、長身が塔真に向きなおる。やはり、もう用がないのに他人がいつまでも家の中にいるなといった、邪険な態度だ。

見おろす威圧感に呑み込まれて、背筋がヒヤリとした。頭の中が白くなって、用意していたはずの言葉がどこかに消えてしまった。

借金絡みで雇ったバイト保育士の訴えにどれほど聞く耳を持ってくれるか、どんな答えが返ってくるか、予想もつかないのが怖いのだ。

「い、いえ……。おやすみなさい」

塔真はペコリと頭を下げ、逃げるようにして架住宅を出た。

昼寝用の布団を敷いていると、若頭、立花が「よっ」と手を挙げて玄関に立った。

塔真は、また借金取立てにきたのかと思って慌ててしまった。

しかし、それは違ったらしい。ウキウキニコニコといった顔で首を伸ばし、室内をグルリと見回す。

「あら、立花さん。こんにちは」

近藤が親しげに会釈した。

「パトロールですか？」

「三丁目で若い衆のゴタゴタがあってよ。近くまで来たんで、夏輝の顔見に寄ったんだ」

この界隈は花龍組の縄張りなのだろうか。いかにも勝手知ったるといったようすで、靴を脱いで上がってくる。

「おじちゃん！」

立花が「夏輝」と言ったのを聞いて驚いたが、布団に入ろうとしていた夏輝が大喜びで走ってくるのを見て、塔真はポカンとしてしまった。

「おう、夏輝。いい子にしてるか」

もっと驚いたことに、立花は夏輝を抱き上げデレリと目尻を下げて、剃《そ》り残しのあるヒゲ面《づら》を柔らかなほっぺたに擦りつける。

「ヒゲいたいよ、おじちゃん」

夏輝は嬉しそうに、立花の顎《あご》をピタピタと叩いていた。

「私は子供たちをお昼寝させるから、塔真くん、立花さんにお茶淹《い》れてあげて」

「あ、はい」

近藤も夏輝も、ヤクザである立花とは顔馴染《なじ》みといったふうで、怖がるようすは微塵《みじん》もない。

やはり、架住も企業ヤクザなのだろうかと思ってしまう。

「へえ、塔真くんか。先生じゃねえのかい」

「せんせいだけど、とーまくんだよ」

立花は、職員用テーブルセットの椅子に座り、膝に乗せた夏輝の顔を至福《しふく》の表情で見つめた。

いったいどんな関係なのか、塔真は湯飲みにお茶を注ぎながら、不思議なツーショットを横目で観察してしまった。

「塔真くんによくしてもらってるか？」

「うん、とーまくんだいすき」

「よぉし、そうか。俺の目に狂いはなかったな」

塔真は立花の前に湯飲みを置いて、自分も椅子に腰を下ろした。

「あの……、立花さんは夏輝くんの……？」

「ああ、夏輝は俺の可愛い甥っ子だ」

「てことは、架住社長のお兄さん」

「まあ、そういうことになるな」

「驚いた。全然似てないから想像もできませんでした」

と言ったとたん、平手でパンと頭をはたかれた。

「ばかたれ、架住は妹の旦那だよ。俺とあいつが似てなくて当然だろうが」

「あ……、すいません。義理のお兄さんでしたか」

「おじちゃん、とーまくんぶっちゃだめ」

夏輝が怒って言い、立花の膝から塔真の膝に移動しようとする。立花はそれを慌てて引き戻し、ギュウウと抱きしめた。

「ごめんごめん。もう塔真くんいじめないよぉ」

「……可愛がってるんですね」

似合わない猫撫で声を聞いて、塔真はまじまじ立花を見てしまった。そのしまりのない顔は、借金取立てに来た時とはまるで別人だ。

「ったりめーよ。あとにも先にも、たった一人の大事な甥っ子だぜ」

立花は、夏輝の頭を撫でながら熱い茶をすする。

「こいつの母親はよ、頭がよくて美人で、俺の自慢の妹だったんだ」

「夏輝くんを見てると、お母さんが聡明できれいな人だったってわかります」

「そうだろう、そうだろう」

へへっと笑って相好《そうごう》を崩した顔は、夏輝と面影が重なるところが僅《わず》かも見えない。全く似てない兄妹だったのだろうと思ったけれど、そこはあえて言わないでおいた。

「夏輝、ケーキでも食べにいくか？」

「ん〜、……たべたくない」

「どうした、昼めし食いすぎたか？　それじゃ、玩具でも買いにいくか」

伯父さんは甥っ子を甘やかし放題のようだ。しかし、夏輝は少しだるそうなようすで首を横に振った。

「今日はあまり調子がよくないみたいなんですよ」

言いながら、塔真は夏輝の額に手を当て熱を診《み》る。

「お昼ご飯も残しちゃったし、いつもよりちょっと動きが大人しいんです。熱や咳《せき》はないけど、風邪《かぜ》の引き始めかもしれません」

「具合が悪いのか？　夏輝」

「おなかいたかったの。でも、もうなおった」

「このまま治まってくれるといいんですけど」

「そうだな、食欲がないのはいけねえ。父さん心配させないように、いっぱいめし食って風邪なんかぶっとばせ」

「うん！　ぶっとばす！」

「よし、偉《えら》いぞ。夏輝は男だ！」

「なっきはおとこ！」

夏輝は立花に調子を合わせ、小さな拳《こぶし》を作って振り上げる。野獣と小動物みたいな二人の姿に気分が和《なご》んで、知らず塔真の頬が緩んだ。

「でも、なっきくん。またお腹が痛くなったりしたら、すぐ教えてね」

「おまえ、ちゃんと夏輝の面倒を見てくれてるんだな」

「もちろんです。いい仕事を紹介していただいて、立花さんには感謝してます」

「おお、しっかり働けよ。ちっと笑ってみ」

「え……、はあ」

笑え、とは取立てにきた時の晩と同じセリフだ。塔真は意味がわからないまま、口元にことさらな笑みを作って見せた。

「いい顔だ。実はな、ここの仕事を紹介する気になったのは、おまえの顔が死んだ妹に似てたからだ」

「妹さんに……？」

「保育士だっつーし、真面目そうだし。騙《だま》されることはあっても人を裏切るようなやつには見えない。専属で世話させてみたらいいんじゃねえかとピンときた」

立花は、満足そうな笑いを塔真に返す。

会ったこともない女性に似てると言われても戸惑ってしまうが、自慢の妹というくらいだから好意的に見てくれているのだろう。

ヤクザなんてものはかかわったら最後、人生の破滅《はめつ》を招《まね》くものという怖いイメージしかなかった。

だけど、カタギには迷惑をかけないよう組を上げて配慮《はいりよ》しているのだと言うこの若頭は、ちょっとガラの悪い普通のおっさんといった感じだ。

気さくな人柄のようで、架住よりも喋《しゃべ》りやすいかもしれない。塔真はかねてからの疑問を、おずおずと口にしてみた。

「架住社長は……、立花さんの組の人なんですか？」

「いや、あいつはカタギだ」

「企業ヤクザじゃないかと思ってたんですけど」

「ああ、会社もうちの組とはなんの関係もねえ」

立花はサラリと言って、お茶を飲み干《ほ》す。

塔真はポットから急須《きゅうす》にお湯を注ぎ、お代わりを勧めた。

「あの方、迫力あるからてっきり幹部だとばかり」

「やつがうちのブレインだったら、組も安泰《あんたい》だわなあ」

「じゃ、立花さんとは、妹さんの結婚相手という関係だけで？」

「そうさ。……架住はよ、できたやつだ。すげえ男なんだよ」

「人格……が？　それとも、仕事ができるという意味？」

「どっちもさ」

「でも、気難しい人ですよね」

「んなこたねえよ」

　また立花はサラリと言って流す。けど、塔真は半信半疑で首を傾げてしまう。

「俺と佳奈美《かなみ》は年の離れた兄妹でな、そりゃあもう可愛がってたんだ。極道《ごくどう》の家に生まれながら、俺なんかと違ってデキがよくて大学まで出てんだぞ。美人薄命《はくめい》っつうか、世の中無情だよなぁ」

　しみじみ言う瞳が天井を仰《あお》ぎ、微かに潤んだ。

「立花さんのお父さんは、組長さん……ですか」

「おう、そうだよ。親父が引退したら、俺が跡目を継ぐ」

「極道の世界はよくわからないけど、カタギとも普通に結婚できるんですね」

「女はな、やっぱカタギと一緒になるのが幸せだ。佳奈美にはよ、セレブみてえな立派な男と結婚して幸せになってほしかった。汚れた世界で生きる俺の、唯一《ゆいいつ》のきれいな夢だったんだ。極道の家族が障害になるなら、家を出て縁を切ってくれてもいいとまで思ってたんだが……」

　セレブな架住と結婚したはずなのに、なぜか立花の言葉は意味深な過去形である。

　そのしんみりした話の流れには、なにか紆余曲折《うよきょくせつ》の事情があるのだろうと察せられて、塔真は視線で先を促した。

「ところが、連れてきたのは歌舞伎町で小さなショットバーを経営してる男だった」

「それ、架住さん……ですか」

立花は頷き、抱きかかえた夏輝の背中を優しく撫でる。夏輝は立花の胸にもたれ、ウトウトとまどろみ始めていた。

「考えてみりゃ、二十四かそこらの若さで自力で店持って繁盛《はんじょう》させてるなんて、それだけでたいしたもんなんだよな。だけど、当時の俺は架住を認めなかった」

「立花さんが夢見ていたようなセレブじゃなかったから？」

「そうだ。いくらカタギでも、ちっぽけな水商売の男なんかに妹はやれねえつって、さんざんなじって脅した。親父とお袋が認めても俺は許せなくて、店に行っちゃあ難クセつけて商売の邪魔ばっかしてた」

「それは……怖いですね」

「いや、あいつは肝《きも》が座ってるから怖がりゃしねえ。それどころか、俺に認めさせるためにクラブ経営に乗り出して、あっと言う間に成功しちまいやがった。ジュクでヤクザの力を借りずにチェーン広げるなんざ、すげえことなんだぜ？」

このKAZUMI《カズミ》グループは、新宿一号店から始まってまだ十年足らずの若い会社である。架住には、もともと成功者となるだけの強い気質と、持って生まれた商才があったのだろう。立花の脅しや妨害に屈《くっ》せず、たった数年で店舗を増やしてチェーン展開するまでにのし上がったのだ。

　塔真は、架住がヤクザじゃないと知ってホッと胸を撫で下ろした。裏社会の力が跋扈《ばっこ》する新宿で成功するには、それなりの人々と渡り合う手腕と度胸が必要であろうことは素人《しろうと》でもわかる。ヤクザの大幹部みたいなあの威圧感は、彼がそれらの度量を備えた人だからなのだと改めて納得して、見る目が少し変わった。

「心ん中じゃ認めてたんだけどよ、俺は引っ込みがつかなくて顔を合わせちゃあしつこくなじり続けた。いくつ店が増えても『まだ足りねえ、まだまだ小者《こもの》すぎて佳奈美にゃつり合わねえ』ってな。会社が大きくなればそれだけ架住も仕事に追われて、結婚生活は一緒にいられる時間が少ない」

「でしょうね。今も架住さんは仕事に追われてる」

「ああ。それでも、佳奈美は幸せそうな笑顔を絶《た》やさなかった。あいつも根性のある女だったから、愚痴《ぐち》ったら俺に負けると思ったんだろうな」

　立花は視線を床に落とし、懺悔にも似たため息を漏らした。

「夏輝が一歳になってすぐの頃に、進行性の癌が発覚したんだ。余命半年だなんて宣告されて、見舞いに行った病院で初めて寂しそうな顔を見せられた」

「お気の毒なことで……」

塔真はとってつけたような言葉しかみつからず、口を閉じると立花に倣《なら》って床に視線を落とした。

「俺はよ、夏輝にまで寂しい思いはさせたくねえ。架住は、小さいうちはヤクザの暮らしを見せたくないとか言って、うちで預からせてもくれねえし、家に他人を入れるのを嫌って託児所任せだ。けどな、ここまで大きくなった会社を放り出せない立場もわかるから、今さら俺が責めるわけにもいかねえんだ」

夏輝を猫っ可愛がりしているのは、自分が架住に仕事という枷《かせ》をはめてしまったのだという負《お》い目があるせい。

限られた命の中で幸せに過ごせたはずの妹の短い結婚生活を、父子で寄り添って生きる夏輝の時間を、奪ってしまったのだと悔《く》やんでいるのだ。

「おまえは他人の借金を文句も言わず返済しようとするお人よしだ。責任感もありそうだから、架住ともうまくやれるだろう。佳奈美の代わりと言っちゃなんだが、夏輝をよろしく頼む」

言われて、塔真は夏輝をそっと窺い見た。夏輝は大好きな伯父《おじ》に身を委《ゆだ》ね、すやすやと眠りついていた。

「できる限りのことを、やらせてもらいます」

塔真は、夏輝が不憫で可愛くて、胸の奥がジワリと切なくなった。

立花が帰ったあと、昼寝から覚めた夏輝はめずらしくぐずり気味だった。夕飯の弁当は残さず食べたけれど、どことなくまだ具合が悪そう……というより不機嫌な感じに近い。

保育士たちが食後の片付けをしている間、いつもなら男の子の輪に入って玩具で戦いごっこなんかしてるのに、なぜか塔真にまとわりついてくる。すぐ終わるから遊んで待っててねと言うと、畳に腹ばいになって黙々とお絵描きをする。

聞きわけがいいのは変わらないのだが、甘えてくるようすが少し違っているような気がして心配だ。

「あかいクレヨンもってるひと～、あたしのきいろととりかえて～」

そばで一緒に絵を描いていた五歳の奈々《なな》ちゃんが、夏輝の手元を見ながら言った。

赤いクレヨンは、ちょうど夏輝が使っているところだったのだ。しかし、普通なら「もってる～」と答えて和気《わき》あいあいと交換っこするのに、夏輝は黙ってヒーローの服を塗り続けている。

奈々ちゃんは、反応してくれない夏輝を見てちょっとほっぺたを膨らませた。

「なっきくん、つぎそれかしてね」

しかし年上の自覚があるおしゃまな女の子である。平和に交渉しようと、黄色いクレヨンを差し出した。

ところが、夏輝は半身を起こして座りなおすなり、奈々ちゃんの手を払いのけた。そして、乱暴にクレヨンを投げた。

クレヨンは奈々ちゃんのお絵描き帳の上を転がり、描きかけのお姫さまの顔に赤い汚れを作った。

さすがの奈々ちゃんもムッとして、黄色いクレヨンを思いきり投げつける。それが運悪く狙《ねら》いが外れて、近くで遊んでいた小学一年の卓《すぐる》くんのおでこにぶつかった。

卓くんは、ちょっと荒々しいところのある男の子だ。なにすんだ！　と大声で怒鳴るや手にしていた一片のブロックを投げ返した。それがまた奈々ちゃんのおでこにコンッと音をたてて命中して、年上の男の子に怒鳴られたショックとおでこの痛みで奈々ちゃんは泣き出してしまった。

「卓くん、玩具なんか投げたら危ないわ」

近藤が急いで駆け寄り、奈々ちゃんのおでこを診る。

「オレはなにもしてないのに、奈々が先にぶつけてきたんだ」

「な、なっきくんがわるいんだも～」

片付けをしながら夏輝のようすを観察していた塔真は、一部始終を目撃していて驚いてしまった。

他の子と衝突することがあっても、いつだって夏輝にはそれなりの理由があるし、まずはっきりと言葉にして訴えていた。こんなふうに、黙って物を投げつけたりしたのは初めてのことだ。

「どうしたの？　なっきくん」

目線を合わせて訊いてみると、夏輝は戸惑うような顔で奈々を見た。

「なにか嫌なことがあった？」

夏輝は、ううんと首を横に振る。

「あたし、クレヨンとりかえてっていっただけなのに」

「そうだね。それなのに、なっきくんはどうしてクレヨン投げちゃったのかな？」

優しく誘導してやると、夏輝は少し困ったように首を傾げた。説明できるほどの理由がないのである。

「なっきくん、ごめんなさいしましょうね」

近藤が言うと、夏輝は素直に口を開く。

「ななちゃん、ごめんなさい」

あやまってもらって気のすんだ奈々も、卓くんにあやまり、卓くんも奈々にあやまって一件落着。

けれど塔真は、夏輝のようすに気がかりが拭えなかった。

「近藤先生。夏輝くんは具合が悪いんじゃないでしょうか。今日は朝から少しおとなしかったし、お昼ご飯も残したし」

「まあ、風邪気味なのかもしれないけど……でもお夕飯は全部食べたでしょ。虫の居所でも悪かったんじゃないかしら。幼児期の気分のムラはよくあることよ。片付けはもういいから、お帰りにして早く寝かせてあげて」

虫の居所が悪かった——。確かに、たとえてみればそんな感じである。その原因は、やはり体調のせいではないかと思うのだ。

エレベーターに乗って抱き上げてやると、夏輝は塔真の首に腕を回してぴったり擦り寄ってきた。

「お腹、痛くない？」

「いたくない」

夏輝はケロリとして言って、足をブンブン揺らす。

熱っぽくはないし、咳や鼻水もない。お腹を壊してるわけでもなく、顔色も別に悪くはない。元気と言えば、元気なのだ。

さっと風呂に入れて、湯冷めしないうちにベッドに入れると、いつもと変わらないようすで絵本をせがむ。二冊目を読んであげている途中で、静かな寝息をたてた。

架住の帰宅は常に遅いのだが、ここ数日は特に忙しいらしく連続一時すぎだ。

夏輝のようすはいちおう細かくノートに書いておいたけど、この微妙な心配を文面から察してもらえるか……。

いや。それ以前に、ノートの報告を毎日ちゃんと読んでくれているのかさえ、疑わしいと思う。

なんにしても直接話しておきたくて、落ち着かない気分で帰りを待つ。

今夜も一時はすぎるだろうと思っていたが案の定、玄関を開ける音が聞こえてきたのは二時を回ってからだった。

塔真は夏輝の額に掌を当て、熱もなく健やかに眠っているのを確認してから急いで架住を出迎えた。

「おかえりなさい。あの、夏輝くん、もしかしたら風邪を引いてるかもしれなくて」

「風邪？」

「は、はい。まだはっきり症状は出てないんですけど、朝からあまり調子がよくないみたいでお昼ご飯を残しました」

待ちわびすぎて、報告が早口になる。しかし、長身に見おろされると相変わらず萎縮《いしゅく》してしまう。

「風邪じゃなくても、食欲が落ちることくらいあるだろう」

「あ、今日は立花さんが夏輝くんに会いにきて……ケーキを食べにいこうって言われたのに、食べたくないって」

「それはめずらしいな」

「ええ、お腹がちょっと痛かったらしいです。詳しくはこのノートに書いてますから、読んでください」

両手でしっかと持ったノートを差し出し、深々と頭を下げる。

なんだか交換日記でも申し込んでいるような、ちょっとみっともないシチュエーションになってしまった。

あの立花に「すげえ男だ」と言わせるほどの人物である。ヤクザじゃないとわかっても、射抜くような目で見据えられるのはやはり苦手だ。端整な顔立ちをしてるだけに、社長とバイトという立場の隔絶感《かくぜつかん》が倍増してしまう。そこに立っているだけで威圧される緊張は、一朝一夕でなくなりはしないのだ。

「元気そうに見えても、子供って急に吐いたり下痢《げり》したり、特に夜中に急変することが多いです。発熱したら八度超えちゃうのもあっと言う間ですから、ようすを気をつけてあげてください」

「わかった。よく見ておこう」

架住の返答はいつでも簡潔で、夏輝のことをどこまで気にかけてくれているのか見極《みきわ》められない。

「具合が悪くなるようだったら、すぐ病院に連れていってください」

それでも重々訴えておかなければと、塔真は念をおした。

「託児所のかかりつけ医は知ってますよね？　電話をすれば深夜でも診てくれるそうですから」

「ああ、大丈夫だ」

すげなく言う架住だが、じろりと見つめてくるその目元には、頭の中まで覗かれていそうな傲然《ごうぜん》さを感じてしまう。

借金絡みで転がり込んだ雇用関係だから、なにを言っても信用されないのだろうか。それを考えると引け目が先に立って、尻込みしてしまう立場の弱い塔真だ。

「お願いします……」

あまりしつこくしたら、そのうち怒られそうな気がする。できることなら泊り込ませてもらいたいのだけど、そこまでは言えずに口を閉じた。

翌朝、夏輝はカフェの前にしゃがみ込んで塔真を待っていた。

その顔を見て、ギクリとした。

「おはよう、なっきくん。調子はどう?」

抱き上げてやると、夏輝はいつものようにキャッと声をたてて笑った。

「げんきだよ」

しかし、そう答える目のふちが、ほんのり赤い。抱っこした体温は、少し熱っぽく感じられる感触だ。

「朝ご飯、食べられた?」

額と額をコツンと合わせて訊いてみると、夏輝はうしろめたそうに目を伏せた。答えられないくらいの量を残してしまったのだろう。

「残しちゃったんだね」

「いっぱいたべて、かぜぶっとばさなくちゃなのに」

「ああ……そうか」

風邪をぶっとばせ、とは昨日の立花の激励《げきれい》である。夏輝は「父さん心配させないように」と言ったおじちゃんの言葉を健気に心がけていたのだ。

調子が悪いのを誰にも訴えずに、食べて栄養をつければ治ると信じて……。

母親に甘えることを知らない夏輝にとって、「男だから」「いい子だから」という励ましや褒め言葉は、かえってマイナスだった。聞きわけがいいだけに、我慢して頑張ることを強要していたようなものだ。

夏輝の性格を理解していたつもりなのに、塔真はそこまで気を回してやれなかった自分を悔《く》やんでしまう。

「でもね、具合が悪い時は食べられなくてもしかたないんだよ。大人だって病気になったらご飯残しちゃうんだから」

「うん……」

「なっきくんは、どんなふうに調子悪いのかな。気持ち悪い？　お腹は痛い？」

よくある症状を質問で言い上げてやると、夏輝は首を傾げて一生懸命に考える。はっきりしない微妙な不調は、幼児の言葉ではうまく説明できないものなのだ。

「おなかは、ちょっといたかった」

「朝、起きてから？　お腹ピーした？」

「まっくらなときと、あさも。ピーはない」

「今は？」

夏輝は首を横に振り、塔真の肩に頭を乗せた。

甘えて身を任せてくる体が、いつになく重い。漠然とした状態ではあるけれど、昨日よりも具合が悪くなっているのは確実だ。

架住はいったい、夏輝のどこを見ているのか。いや、寝に帰るだけの生活で、子供のようすなんか見ちゃいないのに違いない。昨夜あんなに頼んだのに、いつも通り一人で外に出すなんてやっぱりアテにならない父親だと、怒りが湧いてしまう。

託児所の体温計で熱を計ってみると、平熱より少し高め。たぶん、これからぐんぐん上がってくるだろうと思える。

「近藤先生、早いうちに病院に連れていったほうがいいと思うんですが」

小さな夏輝を守ってやれるのは自分しかいない！　使命感に燃えて提案する。

「そうねえ。ひどくなる前に、お薬もらっておうちで休ませたほうが安心だわね。ピンチヒッターを探すから待ってて」

子供の病気に慣れている近藤は、落ち着いて言う。まだ熱の上がり始め。慌てるほどの病状ではないという判断だ。

託児所かかりつけの医院はタクシーで十分ほどの場所。代わりの保育士と交代してからということになって、とりあえず塔真はひと安心した。

だが、ピンチヒッターが到着するまでは約一時間の予定。慌てて病院に駆け込むほど悪くはないと思っていたのに、状態はそんな悠長に待っていられるものではなかった。

ピンチヒッターを待つ間、夏輝はだるそうなようすで、部屋の隅っこで朝の体操を見学していた。そのあとキッズテーブルに向かってお絵描きをしていたのだが、しばらくして吐《は》いてしまったのだ。

「おなが……いだ……」

力のない声で言い、お腹を押さえてうずくまったまま、顔をぐしゃぐしゃにして涙をこぼす。

触れてみると、明らかに熱が上がってきていた。顔が土気色《つちけいろ》なのは、腹痛がひどいせいだろう。

子供の具合は急激に悪くなることも多いが、これはたぶん、疑っていた風邪と違う。嘔吐《おうと》や発熱のタイミング、腹痛の度合いなどに個人差はあるけれど、今の夏輝に似た状態に塔真は思い当たるものがあった。

「胃腸にくる風邪なのかしら。すぐタクシーを呼ぶわ」

予想外の苦しみようを見て、近藤が慌てて電話に走った。

「いえ、待って。救急車のほうがいいです。虫垂炎《ちゅうすいえん》かもしれないから」

近藤は『ええっ？』と驚きの声を上げ、塔真の言葉を疑わずに急いで一一九番をプッシュした。

塔真がまだ、中学生になったばかりの頃だった。祖父母と叔父《おじ》一家と三世帯で同居する山梨の実家には、塔真を筆頭《ひっとう》に赤ん坊まで五人の子供がいた。ワインの醸造《じょうぞう》も手がける大きなぶどう園で、繁忙期《はんぼうき》には近所に住む親戚の子供をひとまとめに預かっていて賑やかな家だった。

塔真も学校から帰ると夕飯の支度やら子守やらを手伝っていたのだが、当時四歳だったイトコが急に腹痛を訴えてひどく苦しみ出したのだ。

慌てて駆け込んだ病院の診断は、虫垂炎。すでに腹膜炎を起こしていて、手遅れの可能性もある危ない容態だという。

数日前からお腹が痛いと何度か訴えていた。嘔吐も一度あったたし、熱も上がったり下がったりしていた。それでも痛みが引くとケロリとしてしまうので、あと一晩ようすをみようなどと言ってるうちに、親たちは忙しさに紛《まぎ》れて医者に診せそびれてしまっていたのだった。

無事に完治《かんち》して、今では親族の間でも「助かってよかったねえ」などという、教訓的な笑い話になっているけど、あの時の、死んでしまうかもしれないという恐怖は今でも忘れられない。

学校を休んで病院に連れていってやればよかったと、激痛に苦しむ姿を思い出してはひどく後悔したものだった。それは、塔真が保育士を目指すきっかけとなったひとつの事件である。

それなのに、似たような状況にいたのに気づくのが遅れただなんて、うかつな自分を心底悔やんでしまう。

運び込まれた総合病院の診断はやはり虫垂炎で、すぐに手術をすることになった。手遅れになっていたらどうしようかと膝が震えたけれど、腹膜炎の一歩手前ではあるものの危険はないと担当医に説明されて、とりあえずホッとした。

だけど、あんな小さな体にメスを入れられるのだ。

検査だとか準備だとかの、手術前の物々《ものもの》しさに怯《おび》えた顔をしていた。麻酔《ますい》が切れたあとの苦痛を思いやると、かわいそうでならない。

それにしても、子供の一大事に父親はいったいなにをしているんだ！　と未《いま》だ到着しない架住に腹が立つ。

救急車を呼んだ時には架住は横浜の支社にいた。連絡を受けてすぐこちらに向かったはずだから、いくらなんでもとっくに到着していたっていい頃だろう。

すぐに手術すると言っても、保護者の承諾なしにはできないので架住の到着待ちなのである。手続きがすみしだい開始予定で、今は手術室の並びにある処置室で待機中なのだ。

危険はないとわかってはいても、一分でも放置したらそれだけ容態が悪いほうに進みそうな気がして生きた心地がしない。

夏輝が処置室に入ってから一時間は待っただろうか。慌しく到着した架住が担当医による説明を受け、手続きを終えてやっと手術室にランプが点《つ》いた。

それまで廊下でイライラして待っていた塔真は、横に立った架住のやけに落ち着き払った態度が癪《しゃく》に障《さわ》って。

「なにやってるんだっ、あなたは！」

人目も憚《はばか》らず怒鳴りつけてしまった。

架住は、一瞬驚いた顔をして眉を曇らせる。

「なんだ？　いきなり」

「気をつけてやってくれって、昨夜あんなに頼んだのに。なっきは朝ご飯も食べられないくらい具合が悪かった。それをいつもどおりカフェで一人で食事させて託児所に行かせるなんて、ありえないでしょう」

　立て続けに怒鳴られて、架住は不愉快そうに塔真を見据えた。

「重篤な状態ではないと、担当医から説明されているが？」

「ええ、ちょっと切って縫えば終わりの虫垂炎ですよ。だけどね、具合が悪いのを何日も我慢してたせいで腹膜炎になりかけてた。まだやっと四歳になる子供なのに、初めての手術でどれだけ辛《つら》くて怖い思いをしてるか考えてみろっ」

「世話はおまえに任せていた。俺よりおまえのほうが、夏輝を見ている時間は長いだろう」

「そうだよ。具合が悪いことに早く気づいてやれなかった自分が悔やまれる。でも、子供らしい我侭も言えない環境を作っているのはあなただ」

　今まで遠慮して言えなかった不満が一斉《いっせい》に噴出《ふんしゅつ》する。架住に対する憤《いきどお》りがどんどん込み上げて、握った拳がブルブルと震えて口が止まらない。

「心配するくらいの愛情があるなら、どうして普段からもっとよく見てやらない？　なっきはあなたを誇りに思って、幼いながらも心配かけないように一生懸命に頑張ってた。それを察してもやれない父親は最低だ！　あんな小さい子に気を遣わせるな。我慢なんかさせるなよ！」

「たかが保育士のくせに、親子関係にまでよけいな口出しするな。迷惑だ」

「お、俺だってよけいなことなんて言いたくない」

「それなら黙って世話だけしておけ。身のほど知らずなおせっかいはやめろ」

「見すごせない。なっきはあんなにいい子なのに、まっすぐに伸ばしてあげたいのに、父親の接しかたひとつで将来が大きく変わるんだから」

「生意気な言い種《ぐさ》だな。俺が夏輝の芽を摘んでるとでも言うのか」

「はっきり言って、そうでしょう。裕福な暮らしだけど、甘えさせてあげる時間もなくて他人任せ。ビルからほとんど出たことのない毎日で、あの子の世界は狭すぎる。今はよくても、このまま成長していったらいつか歪《ゆが》みが出てしまう」

「だからといって、おまえになにができる」

「せめて、だからせめて俺がそばにいられる間に、あなたが考えを改めてくれれば」

「もういい。他人に指図されのは不愉快だ。今日限りで辞めてもらう」

架住は表情も変えず、冷たく言い放つ。声が低く冷静なだけに、その響きは辛辣《しんらつ》だ。

塔真は喉が詰まり、身を竦《すく》めてしまった。

「い、嫌だ……」

拒否が口から転がり出ると、意識せず涙がポロリとこぼれ落ちた。

今クビになるのは嫌だ。夏輝にはまだまだしてあげたいことが、たくさんあるのに。そ

う思うと、徹底的な無力感に打ちのめされて、次から次へと涙が溢れて頬を伝う。

架住の表情が微《わず》かにうろたえ、開きかけた唇が言葉を見失ったかのように動きを止めた。興奮して立場もわきまえず怒鳴ってしまったのは失敗だった。だけど、言わずにはいられなかったのだ。

なぜわかってくれないのだろう。愛情がないわけじゃないのに、どうしてもっと手をかけてあげられないのだろうか。一人で激昂《げっこう》して、冷静な架住の壁に伝えたい言葉がはね返されてしまう。無力な自分が焦《じ》れったくて悔しくて、架住を見上げたまま溢れる涙が止まらない。

「あら、ご家族用の待合室でお待ちに……」

ちょうど処置室から出てきたナースが、廊下のずっとはしにある待合室を指差す。が、塔真を見てアタフタと笑顔を作った。

「え、あの、大丈夫ですよ。簡単な手術ですから。一時間ていどで終わります」

夏輝の身を案じるあまりの涙だと思ったらしい。幼い子供の手術で、つき添いの成人男子が顔も隠さず泣いていたらそう勘違いするのも無理はなかろう。

「夏輝くんの状態も落ち着いてますし。安心してお待ちくださいね」

励《はげ》ましの言葉をかけ、そそくさと走り去った。

「まいったな」

架住は人目を憚《はばか》るようにして周囲を見回すと、塔真の肩を抱いて近くにあるトイレに引っ張っていく。

「ほら、こっちへ」

外来のロビーから離れたトイレに人影はない。洗面コーナーに入ると架住はポケットからハンカチを取り出し、塔真の顔に押し当てた。

「泣き落としは卑怯《ひきょう》だぞ」

「違……っ」

塔真はハンカチを握りしめ、溢れる涙を吸い込ませた。

涙で訴えるつもりなんかなかった。こんなことで泣くなんて、自分が信じられない。本当は怒鳴ったりせず、保育士として理路整然と説得したかったのに、想いの通じないジレンマが昂《たか》ぶって感情が抑えきれなかったのだ。

「なんだというんだ、いったい」

架住が戸惑い、そして呆れているのがわかる。でも肩に回された腕が優しいような気がして、やりきれない気持ちが少しずつ落ち着いていった。

「お、俺は……他人だから……。お母さんの代わりに世話をすることはできても、愛情までは……代わりにあげられない」

「あたりまえだろう」

「なにをしても、しょせん世話係でしかないのが悔しくて。ご……ごめんなさい。俺、辞めません。クビにしないでください」

「面倒なことは嫌いだ」

架住の言葉は相変わらず辛辣だけど、声のトーンは塔真の訴えを聞こうと努《つと》めているようすだ。

「あ……あなたが、夏輝くんのために我慢して……俺を家に入れてくれてるのは、わかってます」

涙の量が減っていくと、訴えたい言葉もしだいに戻ってくる。塔真は深く息を吸い、言葉を継いだ。

「夏輝くんは……お父さんが大好きです。お父さんの背中を見てまっすぐに育てば、きっとあなたを超える立派な大人になる。だけど、背中だけ見せてちゃいけない。いっぱい甘えさせてあげなきゃ……かわいそうだ」

耳元で大きなため息が聞こえる。ますます不快《ふかい》にさせているだろうかと、涙に濡れた目を恐る恐る上げた。

架住は眉間《みけん》に深い皺《しわ》を刻みながらも、ゆっくり口を開く。

「俺だって夏輝が可愛くないわけじゃない」

どうやら不快でも怒ってもいないらしい。塔真は少し安心して、小さく喉《のど》をしゃくり上げた。

「それは、わかります。だからこそ……夏輝くんはお父さんの愛情に応えようとして頑張ってるんです。いい子だって褒めてほしくて、寂しさや不調を我慢して……。お願いだから、仕事に傾ける時間のほんの少しでいい。夏輝くんに割いてあげてほしい」

架住は眉間の皺を解き、今度は短いため息をつく。そして軽く屈《かが》むようにして、僅かに腰を折った。

「我慢させているつもりはなかったんだが。悪かった。できるだけ改めよう」

「え……」

なんと、驚いたことに、塔真に向かって頭を下げた。浅い角度ではあるが、確かに頭を下げて詫《わ》びを言った。

耳と目を疑いたくなったけど、架住の態度は紛れもなく真摯《しんし》だ。驚きと感動で、塔真の涙がピタリと止まった。

「今朝もいちおう気をつけたつもりだった。体温も計ってみた。だが考えてみれば、俺は夏輝の平熱を知らない。本人が大丈夫だと言えば、そうかと思ってしまう」

「そ、そうだったんですか……。あの……、いえ、幼児は具合が悪くてもうまく説明できないから、そばにいる大人がよく見ていてあげないとだし」

やることはきちんとやってくれていたとは。さらに思いがけない言葉を聞いて、塔真はなぜかオロオロしてしまった。

「ただ……、小さな子供は虫垂炎の発症率が少ないんで大人も見逃《みのが》しやすいし、症状をうまく説明できないから重症化することが多いんですよ。夏輝くんはひどいことにならなくて、よかったですけど」

「救急車を呼んでくれたのは適切な判断だった。礼を言う」

架住は、塔真の憤りと涙の意味をわかってくれたようだ。普段の接しかたが希薄《きはく》だったという非《ひ》を認めて、改めるとまで言ってくれているのだ。

十歳も年下の雇用人に頭を下げることができるとは、さすが成功者としての貫禄《かんろく》を持った人物。立花が言っていたように、できた男である。

架住の潔《いさぎよ》い態度に、塔真の気分も晴れて清々《すがすが》しくなった。

「あの……最低だなんて怒鳴っちゃって、すみませんでした。解雇《かいこ》は、どうか考え直していただけないでしょうか」

濡れた頬をハンカチでゴシゴシ擦り、懇願《こんがん》の瞳を向ける。

架住は胸の前で腕を組み、考えるようすで首を傾け塔真を見つめた。

「夏輝くんにはできる限りのことをしてあげたいと思ってます。俺にできることは、なんでもやりますから」

「おまえの意見はわかったが、こううるさいことを言われたり、よけいなことをされるのはごめんだぞ」

「は、はい」

思慮深い目元が、スウと細められる。

「そうだな……。ではさっそく、退院するまで泊り込みのつき添いを頼みたいが、どうだ？」

「えっ！　あ、ありがとうございます！　それはもう、ぜひ」

泊り込みでつき添いなんて、すがってでもやらせていただきたい役目だ。

クビが繋がったうえに願ってもない仕事をもらって、塔真は飛び上がりそうな勢いで背筋を伸ばした。

「責任持って、世話させてもらいます」

「よろしく頼む。そうしたら、つき添いベッド完備の個室の申し込みをしないとな」

くれる。

そう考えながら、塔真は深々と頭を下げた。

「はい。お願いします」

思ったより話のわかる人かもしれない。これならきっと、夏輝の環境改善も聞き入れて

麻酔から醒《さ》めた夏輝は、目に涙を溜めて歯を食《く》い縛っていた。

痛み止めは効いているはずだから、手術と入院を初体験した恐怖に懸命にたえているの

だろう。

「シジツ……だいせいこう？」

今にも震えそうな、頼りない声で訊く。

「もちろん、大成功。頑張ったね。もう大丈夫だよ」

柔らかな前髪を指でそっと梳《す》いてやると、夏輝は睫毛《まつげ》をパシパシと瞬《しばた》かせてフウと細く

息を吐いた。

でも発見が遅れたら危ない病気だったのだということを説明してやると、唇をわななか

せながら、笑っていいんだか泣いていいんだかといった複雑な顔をした。

「なっきくんはとっても強い男の子だよ。だけどこれからは我慢しないで、具合が悪くなったらとーまくんとお父さんにすぐ教えてね」

夏輝はコクンと頷く。

架住が夏輝の頭上に軽く屈み込み、頷きを返してやった。

「えらかったな。入院中は辛いだろうが、塔真くんがついていてくれるから頑張れ」

「とーまくん、ずっといてくれるの？」

「ああ、夜も泊ってくれるぞ」

「ほんと？」

夏輝が大きな目をキラキラさせて見開く。期待に満ちた顔が可愛くて、塔真の口元が綻《ほころ》んだ。

「隣にベッドがあるでしょ。あれがとーまくんのお泊りするベッドだよ」

「やった！　とーまくんといっしょに、にゅういんのおとまりっ」

今にも踊り出しそうな歓声を上げて、う～と顔を歪《ゆが》めた。術後の傷が引きつれて痛むのである。

「とりあえず、必要なものはこれで買っておいてくれ」

架住はスーツの内ポケットから財布を出し、数枚の札を塔真に手渡した。

「はい」

「俺はこのあとキャンセルできない仕事があるんだ」

「はい。え？」

塔真は受け取った札から、ポカンとした目を上げた。

「もう行くんですか？　でも、もうちょっと夏輝くんのそばに……」

「またあとで来れると思う」

「思うって、そんな」

「大丈夫だな？　夏輝」

「うん、おしごとがんばってね」

「では、塔真くん。あとは任せた」

言うと、切れのよい靴音を鳴らして踵《きびす》を返す。

「ちょ、任せたって……。それじゃ、せめて毎日顔を見せに来てあげてくださいね」

「そうしよう」

「毎日ですよ？」

「しつこい」

架住は肩越しに振り向いて言うと、そっけなくドアを閉じた。

手術室から個室に移ってまだ数十分。夏輝が喋《しゃべ》れるようになって、かけてやった言葉はほんの二言三言である。

改めると言ったばかりで、もう仕事とは。話のわかる人かもしれないと思って期待したのに、いったいどこをどう改めたのかと呆れてしまう。夏輝がものわかりがいいからといって、親のくせに子供に甘えすぎだろうと言いたくなった。

しかし、夏輝は架住の後ろ姿を見送りながら、クスクスと笑っていた。

いつもと変わらない父親のようすに、かえって安心したのかもしれない。

その後、毎日は来ないんじゃないだろうかと密《ひそ》かに疑っていたのだが、意外にも塔真の心配は外《はず》れて、架住はマメに顔を出してくれた。

三分もいられないほど忙しくても、朝夕の二回は必ず寄って夏輝のお喋りに耳を傾け、病気はどんどんよくなってるぞと励《はげ》ましの言葉をかけてやる。思ったよりも父親としての意識はしっかり持っているようで、塔真は少しばかり驚いた。

夏輝の祖父母である花龍組の組長と姐《ねえ》さんが、入院生活を不憫《ふびん》がって絵本と玩具を両手いっぱいに買い込んで見舞いにきてくれたのも印象的だった。立花伯父も、普通の食事が食べられるようになったと聞くや、とても食べきれない量のケーキやらお菓子やらを抱えてやってきたのは、もちろんである。

子供の回復力は目を瞠るほど早く、術後の経過は良好。塔真がつきっきりなのが嬉しくてしかたなく、退屈どころか甘えきって満悦《まんえつ》な毎日。

そんな夏輝は、楽しい入院生活から離れがたくなったのだろう。

予定通り抜糸《ばっし》も済んだのだが、退院が翌日に決まった晩、まだ退院したくないと言ってめずらしくダダをこねた。

朝になってもご飯を食べずにゴネて、迎《むか》えにきた架住に叱《しか》られるとベッドに潜《もぐ》り込み、しまいにはお腹が痛いと言い出す始末。聞き分けのいい夏輝が仮病《けびょう》まで使ってゴネるなんて、かつてないことだった。

塔真としては、自我《じが》の芽生《めば》えのひとつだと喜びたいところだがしかし、まさかそこで褒《ほ》めてやるわけにはいかない。

ベッドの中で頑《かたく》なに丸まった夏輝に、掛け布団ごしにどうして退院したくないのかと訊ねてみた。

すると夏輝は布団の中から、「とーまくんと、もっとおとまりしたい」と、ボソリと答えた。

塔真にとっては嬉しくて、なんとも可愛らしい我侭《わがまま》である。

ニヤけてしまいそうな顔を生真面目《きまじめ》に引き戻して、「何日かでも家のほうに泊めていただけないでしょうか」と架住に窺った。

さすがの架住も、病《や》み上がりの夏輝を力ずくで退院させるのは忍びなかったらしい。迷惑そうに眉間を寄せ、「しかたないな。しばらく住み込んでもらおうか」と、ため息混じりにこぼした。

しかしそのあと、「自分の家だとは思わず遠慮して暮らせ」と、釘を刺すのも忘れない架住であった。

他人に家の中を闊歩《かっぽ》されたくないのだろう。それはわかるけれど、普通ならこんな場合は、自分の家だと思ってくつろいでくれと勧めるのがたてまえであろうに、おかしなもの言いだ。

でもなんとなく架住らしいなと、塔真はへんに納得してしまった。

そんなやりとりを聞く布団の中の気配が、耳をそばだてソワソワしていた。

架住が、「塔真は今日からうちにお泊《とま》りだ。さあ、帰るぞ」と言ったとたん、夏輝がベッドから飛び出したのは言わずもがな。

ということで、塔真は入院のつき添いが終了すると同時に、架住家での住み込み生活がスタートすることとなったのである。

広い架住家には来客用の和室があるのだが、塔真は子供部屋に布団を持ち込んで夏輝と一緒に寝起きすることにした。

暴れなければ傷は痛まないというので、リハビリを兼ねて託児所に出ることになった退院三日めの朝。塔真は起床すると服を着替え、ベッドの隣に敷いた布団をたたんでから夏輝に声をかけた。

寝起きのいい夏輝はベッドから降り、思いきり伸びをして「いたた」と傷の引きつったお腹を押さえる。

服を出してやると、最初のうちは腰を屈《かが》め気味でソロソロと着替えていたのが、痛みを忘れるとすぐさま元気に動き始める。子供というものは大人よりもずっと痛みに強いのだと、見ていてつくづく感心してしまう塔真だ。

「あ、なっきくん。後ろ後ろ」

歯磨きしに洗面所へ行こうとするのを捕まえて、引っ張り戻した。早いうちから身の回りのことは一人でできるようになっている夏輝だが、やはり見えない部分までは手が届かないのだ。

「くすぐったい」

夏輝は首を竦《すく》めてモゾモゾ足踏みする。

「こら、じっとして。あ……」

内側に折れ込んだ襟《えり》を直してやっていると、ドアが音もなくスウと開いた。振り向いて見ると、そこにはパジャマ姿でボーッと突っ立つ架住。

おはようございますと言おうとした塔真は、挨拶の言葉を一瞬忘れてしまった。

着崩れたパジャマのボタンは半分外れていて、寝乱れた前髪が額にかかる。まだ夢の中にいるとでもいった無防備な……はっきり言うと寝ぼけまなこで、だらしのない風情《ふぜい》。初めて見た寝起き姿は、普段の架住とは雲泥《うんでい》の差だ。

「お、おはよう……ございます」

気を取りなおして言うと、架住が表情を作るのもおっくうそうに口を動かす。

「ああ……、塔真がいたのか」

「うん。とーまくんいるから、おとーさんまだねてていいよ」

「そうだな……いや……シャワーにいく」

長い指で前髪をかき上げ、のろのろとドアを閉じた。

夏輝が退院した金曜日は、架住はいつも通り帰宅が遅かった。翌日の土曜には、朝早くから一泊出張で九州に出かけていた。そして昨夜の帰宅はやはり深夜で、ゆっくり顔を合わせる暇《ひま》もなかった。

冷徹《れいてつ》ささえ感じるような、仕事マシンとでも形容できそうな姿しか知らない塔真なのである。そんな様変わりするほど疲れているのだろうかと、夏輝の襟を直す手を止め、唖然《あぜん》としてしまった。

「とーまくんいるの、わすれちゃったのかな」

「そうみたいだね。……お父さん、なっきくんを起こしにきたの？」

「うん。どじっこだねえ」

めったにない父親のうっかりがおかしかったらしく、声をたてて笑う。

「朝はいつもお父さんが起こしてくれるの？」

「そう。はみがきのしあげ、するの」

「ああ……」

なるほどである。人は健全な体内時計で決まった時間に起床できるものであるが、まだ幼い夏輝が自力で起きて支度して出かけていたわけはなかったのだ。

距離が近づくと、見えなかったものがいろいろ見えてくる。今まで勝手にひどい父親像を作っていたけれど、思ったより架住は子煩悩《こぼんのう》だったのかもしれない。

手術の日、泣いてグダグダになった塔真の意見を、彼は真摯《しんし》に受け止めてくれた。それをどこまで許容《きょよう》しているのかまだ未知ではあるが、夏輝に関しては聞く耳を持ってくれている。

よけいなことをするなと言われているけれど、やはり環境改善を訴える余地はありそうだと塔真は確信して一人頷いた。

朝食の時間は、だいたい八時十五分くらいから。支度を終えて一階のカフェに下りると、店内にはモーニングを食べる客が数人いるだけだった。

カウンター端にある夏輝の定席に並んで座ると、愛想のいいウェイターが夏輝に牛乳、塔真には水を運んでくる。今まで外から覗くだけだったガラス窓の中は、入ってみると落ち着いた内装で大人のくつろぎの空間といった雰囲気だ。

ほどなくして運ばれてきた本日の朝食は、白身魚のフリッターと、ポテトサラダとトマトスープ、主食にクロワッサン。店で出しているメニューからチョイスした、夏輝用日替わりの組み合わせなのだろう。

見た目がおしゃれでそれなりに味はいいが、やはり塩加減《かげん》が濃くて家庭の温かさにはほど遠い。

昼と夜の弁当も居酒屋の味で、毎日が外食。この先もこんな食生活が続くのかと思うと不憫《ふびん》だ。

やはり遠慮や躊躇《ちゅうちょ》はしていられない。

塔真はその日、夏輝が託児所でお昼寝をしている間に食材の買い出しに走った。


今日から家で夕飯を作って食べさせるので五時に帰ります。そう告げると近藤はひどく困った顔をした。

架住社長から直々に言いつけられていない事柄には、気安く了承できない立場なのであろう。

でも、今すぐこの食生活から夏輝を解放したい。いつまで住み込んでいられるかわからないけれど、自分がそばにいる間、一日でも多く手料理を食べさせてやりたいと思う。

事後承諾になるけど必ず架住の許可をもらうと押しきって、塔真は五時ちょうどになると夏輝を連れて七階に帰った。

架住家で作る初めての家庭料理は、手始めに子供の大好きなハンバーグ。そして野菜ゴロゴロのポトフ風コンソメスープ。もちろんレストランの本格レシピとは違って、大家族の実家で母たちを手伝ううちに覚えた楠木家《くすのき》アレンジの素朴《そぼく》な味である。ぶどう園は継がずに保育士になると親に宣言した高校生の頃には、子守のかたわら一人で十数人分を作ることもよくあった。手際は慣れたものだ。

ご飯を作るという過程を知らない夏輝は、生活感のなかった冷蔵庫が食材で賑わっているのを見て驚いたようにはしゃいだ。支度を始めると塔真の後ろにくっついて、何度も背伸びしてはでき上がっていく料理を楽しそうに眺めた。

皿をテーブルに並べ、ケチャップでハンバーグにクマのクーさんの顔を描いてやる。

夏輝は指で頭の部分をちょんと撫で、それをペロリとなめて笑い声をたてた。

「クーさんのあたま、あま〜い」

ハンバーグといえば、デミグラスや和風の本格ソースで食べていたのである。ケチャップをかけるのは初めてで、ものめずらしさも手伝ってかとても美味しく感じたらしい。あっと言う間に自分のハンバーグをたいらげ、塔真の皿にまで手を伸ばす食欲だった。

お腹がポンポンになった夏輝を風呂に入れて寝かしつけると、塔真はリビングで連絡用ノートを広げ、朝夕の一週間分の献立《こんだて》を書き出していく。

生活において人を満たすものは、まず食。夏輝の場合は衣と住には恵まれているのだから、重点は温かく心豊かな食卓だ。

そしてさらに目論《もくろ》んでいるのは、忙しい父親とのできる限り密《みつ》な触れ合い。

深夜も十二時を回った頃、玄関から聞こえてきた物音に反応して塔真はリビングを飛び出した。

「おかえりなさい」

帰宅した架住を廊下で出迎え、ノートを見てもらおうと先を塞《ふさ》ぐようにして立つ。

架住は、うんざりした顔で塔真を押しのけた。

「いちいち俺の出迎えはしなくていい」

「お願いがあります。俺、夏輝くんの食生活についていろいろ検討しました。お疲れでしょうけど、少し相談する時間をください」

緊張して矢継ぎ早に訴えると、架住は振り向いてジロリと視線を送る。

「必要ない」

「いいえ、大事なことです」

「俺はこれから風呂に入って寝る。邪魔をするな」

「三分でいいんです。夏輝くんのために、話を聞いてください。お願いします」

架住は小さなため息をつき、腕時計に視線を向けてから横柄《おうへい》に塔真を見おろした。

「……三分だな。聞いてやろう」

「ありがとうございます。あのですね、味覚を形成する幼児期に外食の味ばかりというのはよくないと思うので、俺としては栄養と情操《じょうそう》の面から考えて」

「簡潔に要点だけ述べよ」

「う……こ、これから朝夕の食事を作らせてください」

架住の眉間が、グイと険《けわ》しく寄る。

「なにかと思ったら、この匂いはそれか。もう勝手に作ったのか」

「あ、はい。今夜はハンバーグでした」

ずっと家の中にいると慣れてわからないのだが、外から帰った架住は微《かす》かに残る夕飯の匂《にお》いが鼻についていたのだろう。

「おまえの仕事は夏輝の子守だけ。よけいなことはするなと言ったはずだ」

「それは承知してます。でも、この三日夏輝くんと同じ三食を食べて、このままじゃいけないって切実に思ったんです。あの、これ見てください」

塔真はさっき書き終えたばかりのノートを開き、押しつけるような格好で架住に差し出した。

受け取った架住は、視力を絞るようにして目元をすがめた。

おもむろにスーツの胸ポケットから眼鏡を取り出してかけ、献立のページに目を走らせる。そして、だからなんだというふうに顔を上げた。

「とりあえず、一週間分の献立です。朝ご飯と、晩ご飯。子供は運動量が多いぶんカロリー消費も早いんで、朝の主食は腹持ちのいい米にしようと思います。栄養バランスも考えてあります」

「店の食事も栄養は考えさせてる」

頭ごなしに却下する架住は、ノートを閉じて塔真に押し返す。

「俺のは母仕込みの家庭料理ですから、味つけが違います。なにより、夏輝くんには家で普通のご飯を食べさせてあげたい」

「他人が家族の真似事《まねごと》などするな」

すげなく言われて。ビクリと首を竦めてしまう。

でもここで怯《ひる》んで引き下がるわけにはいかない。架住に対抗する唯一《ゆいいつ》の武器は『夏輝』である。返されたノートを胸に抱え、塔真は気力を奮《ふる》い立たせた。

「カフェの朝食も居酒屋の弁当も、食材が豊富で美味しいです。だけど、プロの料理ばかりじゃ味覚が偏《かたよ》ってしまう。生活の場が主に託児所で家には寝に帰るだけというのも、これから形成されていく人間性に影響が出てしまいます」

「人間性？」

「集団生活の場はあくまでも協調性を学ぶもの。なにがあっても安心して帰れる温かい家庭がないと、味覚どうよう情操面も偏っていく」

「夏輝には帰る家がないというのか」

「架住さんが、仕事をおろそかにできない立場なのは理解できます。でも、どんなに愛情があっても、足《た》りない時間は取り戻せない。このままじゃ不憫で……、だから、俺はその足りない部分を少しでもサポートしたいと考えてます」

「一生夏輝に関われるわけでもないのに、いらん世話だ」

「それは、そうだけど。夏輝くんがもっと大きくなって自分の境遇をしっかり認識できるまでが、人格の基礎を作るすごく大事な時期なんですよ」

「ほう？　あと何年かかるんだ。五年か？　十年か？　基礎とやらが完成する頃まで、おまえはここにいるのか」

架住は一時凌《しの》ぎだとでも言いたげに、きつく塔真を見据《みす》える。眼鏡の奥の瞳が、厳しい光を帯びた。

「くだらない男のために借金を背負《せお》って、さらに他人の子供の面倒をみて、まさか何年もここでバイトするつもりはなかろう」

「俺は――っ」

言い返そうとした塔真は、口を開いたまま言葉を途切れさせた。

確かに、いつまでも小さな託児所のアルバイトでいては、社会で通用する保育士のキャリアは積めない。だけど、そんな先の自分のことなんて頭になかった。関わったからには、全力でできるだけのことをしてあげたいと思う。架住に指摘された今も、やはり夏輝のまっすぐな成長しか考えられない。

「立花《たちばな》が夏輝の世話をさせてみろというから、アルバイトで雇ってみた。おまえは俺たち親子にとって、行きずりの人間でしかない。いずれ離れていくやつに、生活の中にまで入り込まれるのは迷惑だ」

「そんなこと……」

「不憫だ、かわいそうだと言うが、おまえに去られたあとの夏輝の寂しさを考えたことはあるか？」

聞かされる言葉に、ふるふると首を横に振る。そんなことも、考えたことはない。塔真の描くその先には、立派に成長した夏輝の姿しか見えていないのだから。

「中途半端な情はかえって残酷だ。家族ごっこで懐《なつ》かせておいて放り出すほうが、よほどかわいそうだろう」

塔真はグイと顔を上げ、強い意思をもって両手を握りしめた。

「だったら、俺を正社員で雇ってください！　そうすれば、託児所で働きながらずっと夏輝くんの世話ができる」

「なにを言い出す」

「家族ごっこと言われてもいい。俺を必要としてくれる間は、夏輝くんが大人になったってそばにいる。絶対に放り出したりしません」

言いきると、塔真はいきなり架住の足元に正座して床に額《ひたい》を擦《こす》りつけた。

「お願いします。ここはお父さんと暮らす大切な家なんだって、実感させてあげたい。そんな居場所を作る手助けをさせてください」

「パートでも務まるような小さな託児所だ。ここにいたって、せいぜいチーフになるくらいしか役職はないんだぞ」

「俺は子供たちの面倒をみていられれば、どこでも満足です」

架住は脱力したように肩を壁に寄りかからせた。

「今度は土下座《どげざ》か。泣き落としといい、まったく……なりふりかまわないな」

呆れ声が頭の上から降る。塔真は体を起こすと両手を膝にそろえ、見おろしてくる長身を見上げた。

「はい。夏輝くんのためならなんでもやります。あ、泣き落としって、あれは不可抗力ですから」

「頼まれた仕事だけしていればいいものを、なぜ夏輝のためにそこまでこだわるんだ」

「そばにいれば、夏輝くんに足りないものと必要なものがわかる。俺、関わった子供はみんな自分の子だと思って愛情を注いでます。もちろん、本当の親の愛情に及《およ》ばないのは承知してるけど、埋めてやれる部分がたくさんあるのになにもできないでいるのは辛《つら》い」

気難しい男だと思っていたけれど、彼なりの愛情で夏輝が傷つかないよう憂慮《ゆうりよ》しているのだ。心からの気持ちを真剣に訴えれば、この人はきっとわかってくれる。塔真はそう信じ、懸命に食い下がった。

架住は胸の前で腕を組み、塔真から視線を離さず耳を傾けていた。

「夏輝くんの笑った顔はすごく可愛いです。大好きです。これから成長していく小さな芽を、大切に育ててあげたいと思う。あの健やかな笑顔を、守ってやりたいんです」

真意を量《はか》るようにして塔真を見つめていた架住は、壁に頭を預け、静かに口を開いた。

「妻も、そんなようなことを言っていたな……」

塔真のジレンマと、亡き妻の夏輝への愛情が、架住の中で共鳴したのだろうか。

眉間に刻んでいた険《けん》を、フワリと解く。深いため息を吐き、眼鏡を外してポケットに収めた。

「いいだろう。正社員の件は考えておく」

「それじゃ、ご飯を作るの許可していただけるんですね？」

「ああ……、そうか。論点はそこだったな」

「お願いします」

「好きにしろ。もう十分以上は話を聞いてやった。俺は風呂に入る」

「ありがとうございます！」

架住は壁に寄りかかっていた体を戻し、塔真の脇を通り抜けようと足を進める。

「あの」

しかし正座の格好から立ちあがった塔真は、遠慮がちに引き止めた。

「すみません、もうひとつお願いが……」

「まだあるのか」

「朝ご飯、夏輝くんと一緒に食べてあげてください」

聞くなり、架住は嫌そうに口角を引きつらせた。

「八時に食べられるように、用意しておきますから」

「生活ペースを乱されるのは好まん」

「架住さんはいつもオフィスで朝食をとってるって聞きました。その時間をちょっと繰り上げてもらえればいいかと」

「……起きれたらな」

「よかった、夏輝くんが喜びます。あの、ついでに」

架住にしたら譲歩に次ぐ譲歩だが、塔真はこの機会を逃しちゃいけないとばかりにたたみかける。

「できれば夕飯も一緒に。毎日じゃなくてもいいですから、社にいて時間に余裕がある時だけでも。外食ばかりじゃ架住さんの体にもよくないし……ちょっと仕事を抜けて上がってきていただければ、もっと喜びます」

調子にのるなと怒られるんじゃないかと、実は内心ビクビクだったのだが、架住は根負《こんま》けした顔で大きく息をつきながら天井を仰《あお》いだ。

「約束はできないぞ。今度こそ風呂に入って寝る。もう邪魔するな、声をかけるなよ」

言うと、そそくさと塔真に背を向けた。

「ご飯できたから、お父さん起こしてきて」

人差し指を口の前に立て、静かにねというジェスチャーをしながら潜《ひそ》め声で頼む。夏輝も口の前に小さな人差し指を立て、「うん」と潜め声で応える。

一緒の朝食を不承不承に受けてもらった手前、大声を出さずに優しくそっと呼んでみてそれで起きなければあきらめるようにと、夏輝には言ってある。塔真が寝室にズカズカ入るより、息子に小鳥の鳴き声みたいな可愛い声で起こされたほうが寝覚めもよかろうという配慮だ。

精一杯の忍び足で父の部屋に向かった夏輝は、しばらくして戻ると潜め声のまま「すぐおきるって」と楽しそうに報告した。

皿を並べてテーブルに着くと、仏頂面《ぶっちょうづら》の架住がフラリと現れた。

寝乱れた髪に、だらしなく胸元のはだけたパジャマ。どうにも瞼《まぶた》が開ききらないようすで、意識が半分ないんじゃないかと思うような足取り。

いつも隙《すき》なくスーツを着こなしているダンディな社長なのに、朝だけは別人かと目を疑いたくなる姿である。

「おはようございます」

と、挨拶しても反応は薄い。

最初の頃は機嫌が悪いのかと思って恐縮したけれど、実はそうでもないのが塔真にもなんとなくわかってきた。どちらかというと、眠気が抜けずに全身が脱力して、顔の筋肉が動かせないといった感じだ。

架住は鈍《にぶ》い動作で椅子に座ると、テーブルに肘《ひじ》をつき掌に頭を乗せた。

「ひじついたらおぎょうぎわるいんだよ」

夏輝に注意されてノロノロと箸《はし》を握る。頭が重そうで、そのままパタリと味噌汁に顔を突っ込んでしまいそうだ。

「……寝起きが悪いんですね」

半ば呆れて言うと、架住は椀を手にとり味噌汁の湯気《ゆげ》を吸う。

「ああ……低血圧なんだ……」

「やっぱりですか」

この、毎朝の寝起きの悪さは普通じゃないとは思っていたけど、やはりそうだった。

連日ハードワークの疲れを引きずっているせいで、よけいに目覚めが悪くなっているのだろう。帰宅は深夜になり、朝は朝でこの状態。ただでさえまともに休めない日々で、寝不足も慢性化《まんせいか》していると思える。家にいられる時間が少ないのに、こんな生活に他人が入り込んでいたらどうしたってくつろげない。こうるさい要望を押しつけられたり、ペースをかき乱されたりをうっとうしがるのも、頷けるというものだ。

　夏輝のためとはいえ、さすがに毎朝この姿を見せられれば、治療が必要なレベルかもしれないと架住の身が心配になってくる。なんだかんだと知るにつれ、父子そろって放っておけない気分にならざるを得ない塔真だ。

「あの、調子が悪い時は無理して一緒に食べなくてもいいですから」

「いや……、病気じゃないんだ。このところまともなものを食《く》ってるせいか、前より調子がいい。……ような気がする」

　低く平坦《へいたん》な口調で、語尾《ごび》が右肩下がりに落ちていく。

　嬉しい言葉ではあるが、精彩《せいさい》のない無表情で言われても説得力がないのである。あまりにも無防備すぎて、寝ぼけて人格が変わっているんじゃないかと疑ってしまう。

　まあでも、たとえ寝言《ねごと》であったとしても、塔真の存在に少しずつ慣れて受け入れてくれているのだと思えば片身の狭さも軽減される。

　それにしても、夏輝がまったく気にせず元気にご飯を食べているのは、父のこんな姿が

違和感ないほど通常化しているからだ。こんなボーッとしているのに夏輝を起こして着替えさせ、歯磨きの仕上げをしてやっていたのは偉《えら》い。放置しっぱなしだと思い込んでいただけに、架住を見る目が急激に変わっていく。

「それじゃ、できるだけ低血圧を改善する食事を作りますね」

「給料には上乗せしないぞ」

「あ、それはもう。献立を考えるついでにちょっと心がけるだけですから」

架住は、開ききらない目元をさらに細めて塔真を見る。

「おまえは尽くすタイプか」

「や、……えと……」

モソリと言われて、答えに焦《あせ》ってしまう。確かに、合田《あいだ》なんていいかげんな男のために借金を抱えてしまったのだから、否定はできない。

食事を終えていくぶんシャキッとした架住は、先に出かける夏輝を玄関で見送る。このあと熱いシャワーを浴びて本格的に目を覚まし、スーツを着て出社するのだ。

エレベーターで三階に下りると、夏輝が「おはよー」と言ってクーさんのお腹をポンとはたく。

いつもの棚の拭き掃除を終えたところで、勝手知ったる顔の立花が靴を脱いで上がってきた。

「よお。元気そうだな、夏輝」

「あ、おじちゃん。おはよー」

「腹、もう痛くないか？」

「たいそうすると、ちょっとだけいたい」

「そうか、大事にしろよ」

伯父さんは強面《こわもて》を崩し、無骨《ぶこつ》な動作でそろりと夏輝を抱き上げる。

「今日はずいぶん早いんですね」

「いやあ……寝てなくてよ」

立花はへヘッと笑い、目をショボつかせた。

活動時間はもっぱら夕方からという特殊職業のお方である。めずらしく朝早くに出てきたのかと思ったのだが、逆だったらしい。その笑いかたは、色っぽい遊びにでも興《きょう》じていたのだろう。これから自宅に帰って寝るのだ。

近藤が、こっちは任せてというふうに塔真に目配せをして、体操の準備を始める。

塔真はちょうど沸騰《ふっとう》した湯をポットに注ぎ、お茶を淹《い》れた。

「父さんと塔真くんはうまくやってっか？」

夏輝を膝に乗せ、立花はさっそく熱いお茶をすすって言う。

「うん、なかよしだよ。とーまくんのごはん、おいしいもん」

「ごはん？」

退院のあとしばらく住み込むことになったのは知っているが、食事を作っているのまではまだ知らされていない立花だ。どういう意味かと想像を巡らすような顔をする。

「朝夕の食事を作ってるんです。架住さんにも、朝は一緒に食べてもらってます」

「へええ、そりゃまた……仲良くなったもんだ」

目を丸くして、意外そうに塔真と夏輝を見比べる。

「親身になってくれてんだなぁ。架住にまで食わせるなんて、並のことじゃない。やっぱり俺様は見る目がある」

「なっきくんのためにって、無理やりお願いしたんですけどね」

「いやすげえわ、おまえ。佳奈美《かなみ》が死んだあとベビーシッター雇ってたこともあるんだがな、短大出たての小娘で架住の世話までやこうとするもんだから、うっとうしがって一カ月でクビにしちまったんだぜ」

「あ……俺も、よけいなことするなって怒られてますよ。病院では架住さんのこと怒鳴っちゃって、クビになりかけました」

それでも架住が折れてくれたのは、夏輝にかける塔真の情が勝利したからである。

「ほええ、見かけによらず度胸《どきょう》あんな。けどクビにならずに住み込んでメシまで作ってる。男同士のほうがウマが合うのかもなあ」

感心して言うのを聞いて、塔真が褒められているのだと察した夏輝は自慢げに足をピョコピョコさせていた。

「ところで、夏輝の誕生日」

「あ、はい」

「去年は夏輝だけうちに泊まって祝ったんだが、今年はどうだ？　夏輝の調子。来れそうか？」

「いつでも大丈夫だと思いますよ。活発に動くと傷がつれて少し痛むみたいだけど、経過は良好でもう普通に生活してますから」

「そうか、よかった。盲腸騒ぎでバタバタしたし、俺ぁ夏輝の体も心配だから今年はあきらめたほうがいいかと思ったんだがな。お袋はすっかりその気でいてよ、若い衆は姿見せねえようにって段取りまでつけちまってんだ」

立花の家には住み込みや毎日通ってくる男たちが大勢いる。夏輝が小さいうちは極道の暮らしを見せたくないと言う架住を尊重して、年に一度のお泊り解禁日には万全《ばんぜん》を尽くしているのだ。

「で、夏輝はプレゼントなにが欲しい？」

顔を覗き込まれて、夏輝は考えるような表情を塔真に向ける。なにか訊ねたいような、ちょっと答えに困るみたいな顔だ。

物質的に恵まれているから、すぐには欲しいものが思いつかないのかもしれない。こんなふうにアドバイスでも求める顔をされると、頼られていることが嬉しくて、立花の膝から夏輝を奪って抱きしめたくなってしまう。でもそれは憚《はばか》られるので、なにがいいか考えながらとりあえず言ってみた。

「玩具《おもちゃ》類は豊富に持ってるから、なにか変わったものがいいのかな」

「それじゃ自転車とか、どうだ？」

「じてんしゃ、のりたい」

三輪車はもう卒業の年齢である。自転車と聞いて即、身を乗り出した。四歳の誕生日にふさわしいプレゼントだ。

「よし、わかった。すげえかっこいいのを買ってやるな」

決定すると立花は鼻息も荒く立ち上がった。

「あとで架住に電話入れとくから」

玄関で立花を見送ると、夏輝は急にお誕生日気分が盛り上がったのか、ワクワクしているようすだ。

「いよいよ四歳だねえ」

「うん。じてんしゃ、れんしゅうする」

「とーまくんも手伝うよ。補助輪つけて頑張ろう」

目を見合わせてやると、夏輝は塔真のエプロンをグイと引っ張る。

「ねえ、とーまくんはなっきのおかあさんになったの？」

「えっ」

どこからどうそんな話が出てくるのか、唐突《とうとつ》に言われてびっくりしてしまった。

「どうしてそう思ったの？」

「メグちゃんがね、おかあさんはおうちでごはんつくってくれるひとだっていってた」

「あ～、……う～ん」

子供同士の情報交換は、なんとも無邪気なものである。立花が食事を作る塔真を褒めるのを聞いていて、メグちゃんの話と繋げてそう思ったのだろう。

見上げてくるつぶらな瞳が、『そうだよ』という返事を期待しているのがわかる。残念ながら期待には沿えなくて、どう答えてやったらいいのか迷うのはジレンマだけど、嬉しい塔真だ。

「お母さんじゃないけど、とーまくんはお母さんみたいになっきくんのこと大好きだよ」

そう言ってやると、夏輝は不思議そうに首を傾げる。

「そうだ、今日のお夕飯はコロッケにするからね」

お母さんにはなれないよと、はっきり言うのが忍びなくてはぐらかすと、夏輝は質問から気が逸《そ》れてピョンと飛び上がった。

「わーい、いっぱい作るね」

「いっぱい作るね、コロッケすき！」


子供の、こんな単純で純真なところが愛しくてしかたがない。お母さんの代わりに夏輝にしてやれること。塔真はいっそう真剣に考えた。


「なっきはねえ、クリームコロッケがいいの」

じゃがいもと挽肉《ひきにく》を混ぜ合わせる塔真の後ろで、夏輝がぷうとほっぺたを膨らませる。

「できたてのポテトコロッケはホクホクのサクサクで美味しいんだよ？」

「おべんとうのはおいしくなかったもん」

そう思うのもいたしかたない。揚《あ》げてから時間の経ったポテトコロッケは、ホクホクでもサクサクでもないのだから。美味しいポテトコロッケを知らない夏輝は、クリームコロッケが食べたいと言って頑《がん》としてきかない。

「クリームコロッケは明日作ってあげる」

「やだ、きょうがいいの！」

「なにを文句言ってるんだ」

架住がひょいとキッチンに顔を出す。

「あ、おとーさん。おかえりなさい」

「あれ？　早いですね」

塔真はアタフタしてしまった。忙しい架住に無駄《むだ》な時間を取らせないよう、食卓につくのは七時からと決めている。今のところ、ほぼ毎日七時きっかりに仕事を抜けて上がってきてくれているのだが……。

今日は自分が時間を見間違えてしまっているのだろうかと思って時計を見ると、まだ六時を過ぎたばかり。

「次の予定まで少し時間が空《あ》いたんで、休憩がてら上がってきた。それで、夏輝はなにをゴネてたんだ?」

見おろす目元をすがめて言われ、夏輝はギクリとして俯《うつむ》いた。でも、コロッケと言えばクリームだと思い込んで盛り上がっていたせいで、なんとなく引っ込みがつかない気分なのだろう。唇を尖らせ、小声で言い張る。

「じゃがいものコロッケ、きらい」

「クリームコロッケじゃないんで、がっかりしちゃったんですよ」

解説すると、架住は厳しい父の顔を息子に向ける。

「そんなくだらないことでゴネてるのか」

「お父さんも、ご飯食べたらすぐまたお仕事に戻らなきゃだし。今日はじゃがいもにしよう。ね?」

「やだ」

「おまえがこんな我侭《わがまま》だとは思わなかったぞ。作ってくれる人の気持ちを考えなさい」

強い口調で冷静に叱《しか》られて、夏輝はほっぺたを膨らませたまま身を縮めた。

「だって……」

「食べたくないなら部屋に行け」

「あの、架住さん。そこまで言っちゃだめですよ。『嫌《いや》』は自我《じが》が健全に育ってる証拠ですから」

夏輝を見おろしていた架住は、厳しい目をそのまま塔真に転じた。

「褒めてやれとでも言うのか」

「いいえ、お父さんが叱るのは必要です。でもこんなちっちゃな反抗は、目先を変えたらもっといいこともあるって知ればいいわけで」

塔真は、じゃがいもの入ったボウルをテーブルに置く。

「さて、それじゃあ作ろうか。なっきくんは泥ダンゴ作るの得意だよね。じゃがいもをじょうずにコロッケの形にできるかな？」

テンションを上げて言うと、夏輝の目がキラキラと見開き、フグみたいだったほっぺたがシュッと戻る。

「なっきも作るの？」

「おだんごに丸めて、それからペタペタ平べったくするの。みんなで一緒に作ったら楽しいよ。手を洗っておいで」

「うんっ！」

返事と同時に、夏輝は大急ぎでキッチンから飛び出していった。

塔真の横で、架住がボソリと呟く。

「みんなで……？」

勢いでつい言ってしまったのだけど、このさいぜひとも協力してほしい。

「せっかく休憩にいらしたのに、すみませんが……。なっきくんの自我を尊重してあげるために、お願いします」

必殺技、『なっきのために』である。

架住は胸の前で腕を組み、眉間にしわを寄せジロリと塔真を見つめる。ふと眉間が脱力して、腕をダラリとほどいた。

「……手を洗ってくる」


「おだんごっ」

夏輝は、丁寧に丸めたコロッケを高く掲《かか》げる。それを満足げに眺めたあと、今度は喜々として平《ひら》たくしていく。右に架住、左に塔真が座り、三人でダイニングテーブルを囲んでご機嫌だ。

「げんきんなものだな」

「子供って、単純なんですよ。ちょっとした我侭は、ほんの少し違う方向に誘導してあげればいいだけなんです。もちろん、人に迷惑をかけるような悪いことはきつく叱らないといけないですけど」

「子育ては意外と難しい」

「そんなことないです。一緒に過ごせる時間を多くしていれば、親子の信頼関係は問題なし。架住さんが厳しいぶん、できるだけ俺がフォローしますから。甘えたり我侭言ったり、子供って万華鏡《まんげきよう》みたいにクルクル表情が変わって面白いですよ」

「まあ確かに、今まであまりなかった顔を見せるようになってきたな」

渋々《しぶしぶ》ながらも手伝う架住は、三つ目のコロッケをトレーに置く。

夏輝がたくさん作れるようにと、ミニサイズに整える手つきはなかなかのものだ。結婚前は水商売の現場にいた人だから、多少は料理の心得もあるのだろう。

「立花さんから電話ありました？」

「ああ、当日は昼過ぎに迎えにくると言ってた。夏輝があっちにいる間、アパートに帰ってゆっくりするといい」

「はい、そうします。泊りで誕生日を祝ってもらうなんて楽しいでしょうね。架住さんはプレゼント、なにをあげるんですか？」

「そうだな……。夏輝、なにが欲しい？」

「じてんしゃ」

「それはおじちゃんが買ってくれるんでしょう」

「立花家は自転車か。しかしそれだけじゃすまないだろうな。他にも玩具が山ほどついてくるぞ」

「あ〜、想像つきます。お見舞いの時も、両手いっぱいに抱《かか》えてきましたもんね」

「俺は、ものを買い与えるのは誕生日とクリスマスだけと決めているんだ。でも、じじばばはテレビコマーシャルで新しい玩具を見ると、欲しがってもないのにすぐ買ってくる」

架住は、軽く眉をしかめて見せる。困ったじじばばだと言いたげな顔が普通にお父さんらしくて、塔真はなんだか微笑《ほほえ》ましくなった。

「なるほど、部屋で溢れてる玩具群は立花家からのお土産《みやげ》ですか。なっきくんは、お父さんになにをもらいたい？」

夏輝はじゃがいもを丸めながら、首を傾《かし》げて考える。でも、やはり物質的に恵まれすぎていて特に欲しいものがないのである。

「それじゃあ、どこか遊びに連れて行くなんてどうでしょうか」

「遊び？」

「遊園地とか、動物園とか」

「いきたい！」

夏輝が、コロッケを握り潰《つぶ》しそうな勢いで声を上げた。

「どうぶつえんにいってみたい」

「え、なっきくん、もしかして動物園に行ったことない？」

「ない」

「あるぞ。一歳の終わりくらいに」

「そりゃ覚えてないですよ」

「いきたい。ライオンがみたい。ぜったいどうぶつえん！」

「玩具を買ってあげるよりも、きっといい思い出になる。最高のお誕生日プレゼントになりますね」

「プレゼントは三人でどうぶつえん！」

架住はコロッケを丸める手を止め、夏輝と塔真を見比べる。

「おまえも行くのか？」

「あ、邪魔でしたら遠慮しますけど、できればぜひ一緒に連れてってください。俺、お弁当作りますから」

「おにぎりと、唐揚《からあ》げと玉子焼きと、あとウィンナーと」

「おべんとうっ？」

「うわあぁぁ」

夏輝は大盛り上がりだ。

「ほら、なっきくんが期待して大喜びですよ。お疲れだろうけど、朝十時頃から出かけて、ゆっくり見て歩きましょう」

夏輝が自転車よりも乗り気になっているようで、これはもう絶対に連れて行ってやらねばと、がぜん張りきってしまう。

「そうだな……」

「いく？　いく？」

「行きましょう！」

いつもはキリリと引きしまった架住の眉尻《まなじり》が、僅かに下がっている。面倒くさいけど二人がかりでねだられたら邪険《じゃけん》にはできない、といった顔だ。

なんだか仕事人間の夫に家族サービスを迫る妻みたいで、我《われ》ながら苦笑してしまう。でも、ここはなんとしてもOK《オーケー》してもらいたい。

「お願いします」

「おとーさん、おねがいっ」

あと一押し、と塔真と夏輝は期待に満ちて架住を見つめる。

架住の視線が、頭の中のスケジュール表を探るようにして宙《ちゅう》を移動した。

「今週は無理だが……。来週の土曜なら今のところ空《あ》いてる」

「やった！」

「やったあ！」

勝利の声を上げたのは、塔真と夏輝、二人同時だった。

「みて、みて、とーまくん」

夏輝が得意げにペダルを踏んで、補助輪つき自転車をこぎ出す。

「すごいね、どんどん上手になるねぇ」

エレベーターからポーチまでの通路を、行ったり来たり。初めて乗った時には不器用でバランスが危なっかしかったけれど、さすがに子供は慣れるのが早い。ほんの数日でガンガンかっとばすようになって、ゆったりした造りの通路が狭く見えるほどだ。

「さ、そろそろ晩ご飯の支度するよ」

「え〜」

夏輝は不完全燃焼の顔で振り返る。

「だって、ほら。明日のために今夜は早く寝ないと」

「そうだっ、あしたどうぶつえんだ！」

「自転車しまって、おうちに入ろ」

手招きすると、夏輝は大急ぎでペダルをこいで戻ってきた。

プレゼントされたばかりのピカピカの自転車は、まだ外に出したことがない。そのうち公園にでも連れていって、思いきり遊ばせてやろうと思う。できれば、架住も一緒に。四歳になった夏輝は、これから外の世界がぐんと広がっていく。自立に向け、少しずつ親の手を離して歩を踏む。

自転車も動物園も、外に飛び出すちょうどいいきっかけだ。

夕飯の支度を始めると、夏輝はじじばばに買ってもらった玩具を部屋から持ち出してきて、キッチンの隅《すみ》でおとなしく一人で遊ぶ。

「おとーさん、ごはんたべにかえるかな」

「急な仕事が入らないように、できることは今日のうちにやっちゃうって言ってたから、無理だろうね」

「おとーさん、おしごとえらいねえ」

「うん、偉《えら》いね」

同意してやると、夏輝は胸を張って笑った。自慢の、大好きなお父さんなのである。

毎日とはいかないが、社にいる時は七時に休憩をとって食事に来てくれる。夏輝はお父さんと一緒の食事が嬉しくて、架住がいないと寂しがるようになっていた。でも今夜は、明日の動物園のために一生懸命に仕事を片付けてくれているのだと思うと、寂しい食卓も楽しみのひとつだ。

夏輝はご飯をモリモリ食べ、初めての動物園に想像を巡らせては喋《しゃべ》り、せわしなく口を動かす。食べるか喋るかどっちかにしなさいと注意されるくらい興奮気味で、食事のあとお風呂に入り、そしていそいそとベッドに潜《もぐ》り込んだ。

はしゃいでいて寝つきが悪そうだと思ったけれど、そのわりに本を読んでやると三ページ目でパタリと眠りついた。楽しみにしすぎて、さすがに疲れたのだろう。

「明日はいっぱい遊ぼうね」

夢の世界に届くように、小さく声をかけてやった。

布団を肩までかけ直してやりながら、飽《あ》きずに寝顔を眺めてしまう。

自分が女性と恋愛できない種類の人間だと、はっきり自覚したのは中学に入ってすぐの頃。普通に結婚して我が子を育てることができないのだと気づいた時には、けっこうな衝撃を受けた。

自分の子供を望めないのなら、せめて子育てをサポートする職業に就《つ》きたい。それが、保育士になろうと決めた一番の動機だった。

借金を背負って一時はどうなることかと思ったけど、一人の子供にこんな密接にかかわれるなんて幸せだ。

最初のうちは架住のことをヤクザだと思い込んで、ビクビクして言いたいことも言えなかった。でも、こうして一緒に暮らしてみて、意外と子煩悩《こぼんのう》で理解のある人だということがわかってきた。

目をすがめて見つめられるのも苦手だったけど、それは視力があまり良くないせいだと判明したのは、つい先日のこと。普段の生活に不自由しないから、眼鏡をかけるのは書類などの細かい文字を読む時だけ。目元をすがめるのは、どうやら一点をじっと見るおりのクセらしいのだ。

わかってしまえばもうなにも怖いことはない。今ではジロリと見据えられても、さあもっと焦点を絞ってくださいといったカンジでもう全然平気。

厳しいばかりの無責任な親だと思い込んでいただけに、父親らしい姿を見ると惚れ惚れとさえしてしまうくらいだ。

大家族で自分より年下の子供たちに囲まれた生活に慣れていて、実は一人暮らしが寂しかった。知らないうちに、望めない家族の代わりを求めていた。だから、合田なんていうロクでもない男に引っかかってしまったのだろう。

利用されただけだと知った時は恨《うら》みもしたけど、おかげで架住父子に出会えたと思えば傷も浅くて済むというものだ。

子を想う親の愛情。小さな幸せを模索《もさく》する平穏《へいおん》。夏輝を中心に回るこの家は、とても居心地がいい。架住が休みの日には塔真も休みをもらってアパートに帰る。でも一人でいてもなにもやることがなくて、手持ち無沙汰《ぶさた》で、早く架住家に戻りたくて夜も眠れないくらいだ。

架住父子のそばにいると、望めない自分の将来も満たされるような気がする。彼らの幸せのために、父子を支えるこの関係を大切にしたい――。

とりとめもなく考えながら、キッチンを片付けて架住の帰りを待ってみる。十二時を過ぎた頃にあきらめて、夏輝の部屋に戻り布団に入った。

枕に頭を置いて数分と経《た》たずに眠りついていたのだろう。微かな物音を聞いてうっすら目を開けると、夏輝の寝顔を見おろす架住の後ろ姿が、開け放したドアから射す灯《あか》りの中に見えた。

塔真の布団は、夏輝のベッドから少し離した隣に並べて敷いてある。深夜に帰宅する架住は自室で上着を脱いだあと、風呂に向かう途中で必ず夏輝の寝顔を見に寄るのだ。

ほんの短い時間だけど、いつもこんなふうにベッドと布団の間に立ち、健やかな寝息を確認してから出ていく。塔真は心の中で「おかえりなさい」と呟いて、うつらうつらと再度の眠りに落ちた。

しかし、すぐ近くに気配を感じて瞼を上げた。その目の前に架住の顔があって、びっくりして大きく目を見開いてしまった。

もうとっくに部屋から出たと思っていたのに、なぜか架住はしゃがみ込んで塔真の顔をじっと見つめおろしていたのだ。

いったいいつから——、数分か数秒か、どのくらい顔を見られていたのかわからないけれど、目が合っても架住は視線を逸《そ》らさない。

塔真は驚きすぎて、仰向けに寝たまま金縛りにでも遭ったみたいに身じろぐこともできない。どうリアクションしたらいいのか戸惑って。

「お、おかえりなさい」

とりあえず小声で言ってみた。

すると架住は瞬《また》きをひとつして。

「子供みたいな寝顔で、つい見蕩《みと》れていた」

取り繕《つくろ》いもせずに言う。

「そ……そう……ですか」

自分の寝顔なんか見たことがないのだから、返事に困る。見蕩れていただなんて、臆面《おくめん》もなく言われたら恥かしくなる。

「明日は楽しみだな」

架住が目元を軽く細め、口元に小さな笑みを浮かべた。

低い潜め声が甘く感じられて、思わずドキリとしてしまった。こんなに近くで目を見合わせたのも、笑顔を向けられたのも初めてだ。

その瞳はとても穏《おだ》やかで、この人の本質はすごく優しいのだと、胸の内に揺れるさざ波を感じた。

「お弁当……、たくさん作りますね」

答える潜め声が、なんだか掠《かす》れてしまう。緊張ではないけれど、鼓動が速くなる妙な感覚。

「ああ、おやすみ」

言うと架住は手を伸ばし、長い指で塔真の前髪を軽く梳《す》いた。

額に指先が触れて、ふいに鼓動が高い音をかき鳴らした。体温が上がり胸の奥で波が大きくうねった。

おやすみなさいを返したいのに、声が熱とともに喉に溜まって言葉が出ない。

立ち上がった架住の姿が、硬直した視界の向こうへとゆっくり消えていく。

ドアが閉じて廊下の灯りが遮断《しゃだん》されると、とたんに高熱が噴き上がって全身しっとり汗ばんだ。

塔真は見開いた目で天井を仰いだまま、愕然《がくぜん》としていた。

室内が暗いのは幸《さいわ》いだった。明るかったら、架住に気づかれてしまっていただろう。額から耳まで真っ赤だ。

しかしそれより、信じられないのは自分の体の反応。

なぜか乳首が固く収縮して、尖った先がピリピリする。額で発生した熱が渦巻いて、体中を駆け巡って下腹に集まっていく。

早鐘のようにせわしなく音をたてる心臓が静まらない。額が沸騰しそうなほど熱いのは、架住の指が触れたせいだ。

「なんで……ぅわ、うそ……っ」

身じろぐと、それが引き金になって性感が急激に上昇を始めた。下腹がたまらなく疼《うず》いて、先走りの露《つゆ》が下着の中で広がった。

架住をいかがわしい目で見てはいないはず。恋愛対象じゃない男に節操《せっそう》なく欲情したことなんかないのに、どうしてこんなことになってるのかわけがわからない。

熱を逃《に》がそうとうつ伏《ぶ》せてみたら、かえって性感が下腹に溜まってじっとしていられなくなった。

「う……っ」

思わず手を伸ばして股間を押さえた。その指が、意識せずパジャマの上から屹立《きつりつ》を握ってしまって焦《あせ》った。

膨れ上がった疼《うず》きが脚の間で暴れ狂って、握る手をつい動かしたくなってしまう。

「ちょ、これ……まずい」

こんな、抑《おさ》えられないほどの情動は初めてで、半ばパニック状態だ。

這《は》うようにして布団を抜け出し、架住はもう風呂に入っただろうかと、ドアから顔だけ覗かせて気配を窺《うかが》う。

廊下がシンと静まり返っているのを確認して、塔真は前屈《かが》みのへんな格好で急いでトイレに駆け込んだ。

いつもより少し遅めの朝食を終えた夏輝は、まだ読めないはずの時計にソワソワと視線を上げた。

それから、「もういい？」といった、期待の目を塔真に移した。

「そうだね、そろそろ――あ」

お父さんを起こしてきてと言おうとしたところで、架住がフラリとキッチンに入ってきた。

相変わらず、別人としか思えない無防備な寝起き姿である。

「おはようございます」

「おとーさん！　おはよーっ」

夏輝はすぐにも出発したいようすで架住に飛びつく。しかし、受け止めきれない架住はよろけて壁に寄りかかり、指で眉間を押さえた。

「め、めまいですか？　大丈夫？」

低血圧だから、起きたばかりの足元が踏ん張れないのであろう。

「……熱いシャワーを浴びれば、目が覚める。その前に、コーヒーを頼む」

架住はボソボソとこもった声で言い、椅子に座った。

「おべんとう、もうすぐできるんだよ。たまごやき、あじみしたの。あまくておいしかったよ」

「そうか……、よかったな」

動物園が楽しみで、夏輝は起きてすぐから浮かれっぱなしだ。寝ぼけまなこのお父さんにまとわりついて、膝によじのぼる。

「なっきはぁ、もうしたくできた」

「あと一時間、……待ってくれ」

言われて、おとなしく牛乳を飲みながら壁の時計を見上げた。十時頃に出かける予定なのである。時間の概念《がいねん》がまだ身に着いてない夏輝には、今の一時間はかなり待たされる感覚だろう、けれど、我慢のできる良い子だ。

「ご飯はシャワーのあとにします？」

「ああ、そうする」

「はい。じゃ、先にコーヒーだけ」

塔真はペーパードリップのコーヒーを淹《い》れながら、落ち着かない手つきでお弁当作りに戻った。

架住がまだ半分寝たような状態で、この場合はよかったと思う。額に触れられただけであられもなく反応してしまった自分がやましくて、ワンクッション置かないことにはどうにも顔が会わせづらいのだ。

しかし、それもあるけど……。

荒熱《あらねつ》のとれた唐揚げを弁当箱に詰めながら、そっと架住を盗み見る。とたん、頬が赤らんだ。下腹がジクリと疼いて、鼓動が速まった。

そんなばかな、と塔真は粟立《あわだ》つ背筋をこっそり震わせた。

夏輝の入院以来、架住のことが怖くなくなった。夏輝のためと言えば、渋々ながらも真剣に検討してくれる。そんな父親らしい姿を見直した。

ただそれだけのことなのに、この解《げ》せない反応はいったいどこからきているのかと、うろたえてしまう。

性感を呼び起こす、この胸の高鳴り。

もしかして、自分は架住を好きなのだろうか――。

考えてすぐ、頭を横に振った。

このところずっと夏輝に夢中で、処理の必要を感じないほど性欲から遠ざかっていた。

架住との距離が縮まって、きっと親近感とごっちゃになっているのだろう。彼が思った以上に優しいものだから、気が抜けてあんなコトになってしまったのだ。

そう思い直し、気分と体をなんとか落ち着かせた。

早朝から雲ひとつない晴天《せいてん》で、絶好の行楽日和《こうらくびより》。

架住の運転する車の中で、じっとしていられない夏輝はバッグを開けて弁当の匂いをかいでみたり、思い出せるかぎりの動物の名前を言い上げてみたり。

そして待望の動物園に入場するや、パンダ舎から始まり、元気全開でちょこまか走り回る。象を見ていたかと思えば急にサル山を目指して駆け出し、ライオンとトラが特にお気に入りで何度も往復しては歓声を上げる。

しかも一箇所にとどまって見るのではなく、違う角度から観察しようと動き回るものだからあとを追いかけるのも忙しい。夕方まで体力がもたないんじゃないかという勢いで、うっかりしたら見失ってしまいそうだ。

「さすが男の子。バイタリティがありますね」

「あまり動かないタイプだと思ってたが、親として認識不足だった」

「興奮してネジが弾《はじ》けちゃった感じかな。お父さんとのお出かけが嬉しくて、よけい拍車《はくしゃ》がかかってるんでしょうね」

「弾けすぎだ」

初めて見た夏輝の弾けっぷりがおかしくて、塔真と架住は顔を見合わせて笑ってしまう。

水分補給しなきゃと水筒のカップにお茶を注いで渡すと、時間がもったいないとばかりに一息に飲み干《ほ》す。喉が乾いていることにも気づいてないといった感じだ。

それでも弁当を食べると少し落ち着いて、午後からはひとつひとつじっくり見て歩くようになった。

「今度、公園にでも連れていって自転車の練習をさせてやってください」

ついて回るペースも緩《ゆる》んで、架住と並んで歩きながら塔真は知らず口数が増える。

「ちょっとの時間でかまいません。俺が一緒に走り回るから、架住さんは見ててくれるだけで」

「見てるだけでいいのか」

「はい」

「そうなのか……？　見てるだけで、今までとどう変わるんだ？」

「架住さんは、そのままで充分いいお父さんです。無理して変わる必要はない。だから少し身近に感じさせてあげるだけでも、なっきくんには大きな影響になりますよ」

架住に対する、偽《いつわ》りのない率直な意見だ。だが架住は、めずらしく心許《もと》ない視線を、動物舎の格子にへばりつく夏輝の後ろ姿に向けた。

夏輝は、いつ動くとも知れないハシビロコウを夢中になって観察していた。

「正直言って、俺は夏輝になにをしてやったらいいのかよくわからない」

「子供の頃は？　お父さんに遊んでもらったりとか、家族で遊びにいったりとか」

不思議に思って見上げると、架住は塔真を見つめ返して首を横に振った。

「両親は物心つく前に離婚したんで、手本になる父親像がないんだ」

「あ……そうでしたか」

「母は水商売で俺を育て上げた。愛情は人一倍あったが、夜型生活のせいであまりかまってもらった記憶もないいな」

寂しい子供時代だったんですねと言おうとして、塔真は言葉を変えた。

「お母さんは、架住さんを育てるために頑張ったんですね」

「まあ、金に困ることはなかったからな。だが、頑張りすぎたかもしれない。俺が大学を卒業する前に、体を壊して他界した」

架住の身の上を初めて聞いて、塔真は言葉に詰まった。胸の奥がジワリと痛む。夏輝が早くに母を亡くしていると知った時のように、架住をギュウと抱きしめてあげたい切なさが込み上げた。

家族を守り子を育てる父親の姿を、架住は知らずに育った。息子に貧しい暮らしをさせないためにと、母子で過ごす時間を犠牲にしてまで必死に働いてきた母はすでに鬼籍《きせき》の人。そして今、一緒に幸せな家庭を築《きづ》くはずだった愛する妻にも先立たれて、幼い夏輝だけが残った。

考えがあって躾《しつけ》に厳しいわけではなく、もちろん無責任でもない。愛情があるのにどこか片手落ちで、見ていると歯がゆい。

なぜ夏輝の目線にまで下りていってやれないのかと、それがジレンマだった。

けれど……。母親がそうであったように、架住もまた、不自由な暮らしをさせないようにとしゃにむに働くことでしか、愛情を表現する術《すべ》を持たない。塔真にとっては、ごく当たり前の家族像。彼はそれを知らないがゆえの、不器用な人だったのだ。

知れば知るほど、架住父子に愛《いと》しさを感じていく。塔真は視線に情を重ね、夏輝の後ろ姿を見守った。

「息子の将来のために、一生懸命だったんでしょうね。架住さんがこんな立派になって、お母さんもきっと本望だと思います」

「ああ、そう思いたいな。蓄《たくわ》えがあったおかげで大学は無事卒業したし、教授に薦《すす》められた就職を蹴って店を持つこともできた」

「立花さんから聞きました。ショットバーを経営してらしたんですって？　教授に薦められるなんて、きっといい就職先ですよね。お店を持つほうが念願《ねんがん》だったんですか？」

「水商売が性《しょう》に合ってるんだな。いや、実は朝が弱いのが一番の理由だったんだが」

「あ、なるほど」

　思わず納得して、声をたてて笑ってしまった。

「それじゃ、シェイカーを振ったり」

「当然。レシピを開発するのは面白いぞ。今でも、カクテルメニューは従業員が迷惑がるくらいうるさく口を挟んでる」

「俺は居酒屋しか行ったことないけど、ＫＡＺＵＭＩ《カズミ》オリジナルは美味しいです。甘くて飲み口のいいカクテルは好き。氷雪シリーズがまた飲みたいな。あれも架住さんの作ったレシピ？」

「そうだが、あれは去年の冬限定だ」

「もうやらないんですか？」

「季節限定の中でも、氷雪はその年しか出さないのが売りのレアメニューだからな」

「なんだ、残念。飲み会があったら絶対に頼もうって楽しみにしてたのに。他にもそういう客はいるはずですよ、復活させてくださいよ」

がっかりして文句を言うと、架住はクスクス微笑う。

「そんなに気に入ったなら、今度特別に作ってやろう」

「え、ほんとに？」

隣を振り仰ぎ、頷く顔を見て塔真は目を輝かせた。

「うちのキッチンでよければな」

「レシピ発案者、自《みず》らが作ってくれるんですか。すごい、期待しちゃいますよ」

「ついでに、今年の試作品も飲ませてやる。楽しみにしてろ」

「うわ、役得」

「住み込んでるのに給料は変わらないからな。家事のぶんの現物支給ということで」

「そういう現物支給なら大歓迎です」

心地よく移り変わる会話。とりとめもなく弾む言葉。架住がこんなに話しやすい人だったとは、新発見だ。

「よけいなことするなって言われてるのにいろいろやっちゃって、いつクビになるかと実はビクビクしてたんですよ、俺」

「いや、まあなんだかんだ助かってるし」

「前に雇ってたベビーシッターは一カ月で解雇《かいこ》したって、立花さんに聞いてたから……。俺、架住さんのことすごく気難しい人だと思ってました」

「ああ、あれは……」

架住は目元を細く絞り、眉をしかめる。

「なにかトラブルでも？」

「立花さんには言ってないが……、彼女は立場を逸脱《いつだつ》したんだ」

「と、いうと」

どんな逸脱か想像がつかなくて、塔真は大きく首を傾げた。

「再婚を迫られた」

「はぁ？」

今度は、大きな声を上げてしまった。

「任せっきりにしたのが悪かったんだろうな。お互い愛し合っていると誤解してしまったらしい」

「や、でも……なにか誤解させるようなことを」

「してない」

架住はきっぱり言いきる。

「じゃあ、どうして」

「俺にもよくわからないんだが……。夏輝の世話だけじゃなく、俺の身の回りにまで手を出すようになったんできつく叱った」

そこはちょっと、耳が痛い。実は塔真も、ストップがかからないのをいいことに調子に乗って、最近ではついでに架住の洗濯までするようになっているのだ。

「そうしたら、夫の世話をするのは妻の役目、愛し合ってるんだから結婚しようと、いきなり言い出した」

「……わけがわかりませんね。ていうか、それって危ない人なんじゃ」

「かもしれないな。思い込みが激しくて、話が全く通じなかった。面倒なんで親を呼びつけて、二度とかかわるなと言って解雇したんだ」

「厄介《やっかい》な事情があったんですね」

「本当に厄介だった。思い出しただけでウンザリする」

そんな事情があったのでは、他人を家に入れるのを嫌うのも無理はない。

自分の場合はセーフだと、塔真は密《ひそ》かに胸を撫で下ろした。

うるさくおせっかいはしているけど、あくまでも基本のスタンスは保育士。架住はそれを理解して、少しずつでも信頼してくれるようになってきているのだと思う。

そう信じて、かねてから考えていた勧《すす》めを思いきって口にしてみる。

「あの、またよけいなことをって怒られるかもしれないですが……。なっきくんを保育園か幼稚園に入れることを検討してみませんか？」

オズオズと言って見上げると、架住は思慮の瞳を塔真に返す。その表情には、不快も怒りもない。塔真はホッとして、言葉を続けた。

「小学校に上がる準備として、できるだけ早くから同じ年齢の子供との集団生活に慣れたほうがいいと思うんです。架住さんの都合もあるとは思いますけど……」

「そうだな、いつまでも託児所で済ませるわけにはいかない。それは俺も考えてはいた」

「あ、よかった。ちゃんと考えてくれてたんですね」

「保育園と幼稚園。保育士としては、どっちがお勧めだ？」

「俺としては、幼稚園のほうがいいかな、と」

あっさり同意してもらえて、しかも意見まで求めてくれて、塔真の返事に勢いがつく。

「保護者役を任せていただけますか？　そしたら送り迎えとかやりますから」

そうなれば、託児所のシフトは変わるだろうし、入園に向けて相談しなきゃならないこともたくさんある。

期待してOK《オーケー》を待つと、架住の唇が微笑とともに開く。

「あっ、うごいた！　おとーさん、とーまくん、ハシビロコウうごいたよ！」

興奮する夏輝の声が割って入って、塔真の意識がパチンと弾けた。

架住との話に夢中になっていた自分に気づいて驚いた。夏輝中心の会話だったはずなのに、あろうことか当の夏輝からすっかり気が逸《そ》れていたのだ。

「どこが動いたんだか、お父さんにはわからないぞ」

架住は夏輝の横に立ち、腰を屈めて檻《おり》を覗き込む。

「くびだよ、くび。ニュってのびたの」

塔真にも、さっきと比べて首がどう伸びたんだかわからない。

きっと、ほんの数センチていどなのだろう。それでも、めったに動くところが見れないと言われるハシビロコウを根気よく観察して満足できたらしい。

夏輝は達成感に満ちた顔で、次の動物をめがけて駆け出した。

「あ、こら。迷子《まいご》になっちゃうよ」

見失わないように慌てて追いかけると、すぐ後ろで架住が半ば呆れたように言う。

「タフだな、二人とも」

「俺は子供を追っかけるの、慣れてますから。架住さんは、そろそろ疲れました？」

「仕事疲れとはまた違う。持久力《じきゅうりょく》を試されてるみたいだ」

そうボヤく間にも、夏輝は塔真と架住の真ん中に入って手を繋ぎ、グイグイ引っ張っていく。

つまづいて転びそうになっても、両側からすかさず引き上げられてぶら下げられて、大はしゃぎの止まらない夏輝だ。

夕方までもたないだろうと思っていたけれど、体力より気力が勝っていた夏輝は閉園まででたっぷり遊び続けた。帰りの車に乗っても興奮冷めやらず、売店で買ったトラとライオンのぬいぐるみを抱えて目がランランとしていた。

たまには外食しようということになってファミリーレストランに入ると、運ばれてきたお子様ランチにまた歓声を上げる。

しかし、食べ終わってお腹がいっぱいになると、さすがに瞼《まぶた》がトロンと落ち始めた。

会計を済ませた架住が抱き上げると、肩にくたりと頭を乗せる。

「楽しかったね、なっきくん」

「うん。こんどはゆうえんちにもいきたい」

「また一緒に、お父さんにお願いしよう」

言って頭を撫でてやると、架住の腕の中で夏輝はつぶらな瞳をぱっと開いた。

「なっきはねえ、もっとおねがいがあるの」

「なんだ？」

「いもーとがほしいの。とーまくん、おとーさんといっしょにつくって」

「え、妹？　俺がお父さんと？」

塔真は、架住と顔を見合わせた。妹を欲しがる気持ちは理解できるけど、自分が架住と一緒にだなんて、どこからそんな発想が出たのか首を傾げてしまう。

「それはちょっと……無理だなあ」

「どうして？　かんたんだって、ゆいちゃんがいってたよ？」

「ゆいちゃんが？」

「おとーさんとおかーさんが、はだかでいっしょのおふとんにねると、すぐつくれるんだって」

「そ……う～ん……」

返事に困って、つい赤面してしまった。ゆいちゃんは来年小学校に上がる女の子なのだが、テレビ大好きっ子のおませさんだ。ドラマかなにかで仕入れた情報を、得意げに披露《ひろう》したのだろう。

まさか男同士の性を説明するわけにはいかないし、思いきり遊んだ余韻《よいん》に浸《ひた》る夏輝に「とーまくんはお母さんじゃないから」と言ってしまうのも、なんだか忍びない。

助けを求めて横に視線を送ると、架住は困る塔真を見て楽しんでるように笑いをかみ殺していた。

「それでね、かぞくりょこうするの。よにんだと、すごくたのしいんだって。ひこうきにのって、なっきがいもーとにえきべんたべさせてあげるんだよ」

飛行機で駅弁。家族旅行に憧れているらしいのはわかるが、今度はいったい誰に聞いた情報かと苦笑してしまう。

「え～と……。そ、そうだなあ……、なっきくんの家族になれたらいいな」

とりあえず、本音を交えてはぐらかしてみた。

「とーまくんは、なっきのかぞくでしょ」

夏輝はキョトンとして、確認の顔を父に向ける。

「妹は無理だな」

「え～、じゃあおとーとでもいい」

「弟も無理だ。なあ、塔真？」

架住は、微笑《わら》いの抜けない視線を塔真に流す。

「とーまくん、つくって。おねがい」

夏輝は、無邪気な瞳をクルリと動かす。

家族だと言ってくれるのは感動的に嬉しい。『家族』というところを架住がむげに否定しないでくれるのも、嬉しい。

しかし、父子に見つめられて塔真はドギマギしてしまった。


レストランから家までは十分足らず。到着するまでもたなかった夏輝は、ベッドに下ろされてもぐっすり眠っていた。

塔真がパジャマを用意する間に架住がシャツを脱がせると、夏輝は僅《わず》かに身じろぎ、ふにゃりと口角を上げる。

「面白い夢でも見てるのか？」

架住は手を止め、声を潜めて息子の寝顔を覗き込む。

「今日見た動物を思い出してるんでしょうかね」

潜め声で返すと、架住は感嘆《かんたん》にも似たため息を小さく漏らした。

「子供に振り回されるのも、けっこう楽しいものだな」

「これから、もっとですよ。笑わせたり怒らせたりするような、なにやらかすか予想つかないのが子供ですから。ほんと、楽しくて目が離せません」

「大きくなったら怒るのもパワーがいりそうだ」

「その通りです」

両側からベッドに膝を乗り上げ、ヒソヒソと喋りながら二人がかりで着替えさせていく。

塔真がパジャマの袖《そで》に腕を通し、架住が背中を持ち上げると、夏輝はパカっと目を開いてクスと笑った。そしてまたすぐに目を閉じた。

塔真はとっさに自分の口の前に人差し指を立て、ようすを窺う。

寝ぼけただけなのか、健やかな寝息は規則正しく、睫毛《まつげ》だけが微かに動く。どうやら夏輝はまだ夢の中だ。

でも睡眠のリズムが浅いところにいるのかもしれない。塔真は架住と頷き合い、黙々と着替えの共同作業に戻った。

ところが、パジャマのボタンをかけようと同時に身を乗り出して、寄せた架住の額と塔真の額がゴツンとぶつかった。

「あたっ。ご、ごめんなさ――」

思わず声を上げると、架住がスッと手を伸ばしてくる。人差し指の腹で塔真の唇を柔らかく押さえ、耳元に顔を近づけた。

「夏輝が目を覚ましてしまうぞ」

潜め声で低く囁かれた瞬間――。まるで湯沸かし器が点火《てんか》したかのように、頬が熱を暴発した。

うるさいくらいに心臓が早鐘を打ち、皮膚の下でなにかがざわめく。それがますます熱を上げ、体の芯へと集まる。

架住と視線を重ねたまま逸らすことができず、金縛りに遭ったみたいに動けない。不可解な、この反応。昨夜、架住に寝顔を見られていた時と同じだ。

でも、今度ははっきりとわかる。体の生理的な欲求だけじゃなく、心がはっきりと架住を求めているのだと。

塔真は、ざわつく自分の心に唖然とした。

夏輝が可愛くて、なんでもしてやりたいと思った。夏輝のことを架住と相談しているとすごく幸せな気分になった。

架住の本当の姿を見て、彼の育った境遇を知って、その存在が急に身近なものに感じられた。このままずっと架住と二人で夏輝を育てて、本当に家族になってしまえたらいいの

にとさえ思う。

全ては夏輝のためにという、使命感とも言える思いから始まったこの気持ち。夏輝を通して父親である架住を見ていたはずなのに、いつの間にか架住という男を好きになっていたのだ。

自分が恋をしているのだと唐突に気づいて、どうしたらいいのか戸惑ってしまう。

息遣いが聞こえてきそうなほど、架住との距離が近い。少し首を伸ばせばキスができてしまいそうで、気を抜いたら無意識に顔が引き寄せられそうだ。

「あのっ……、あとは俺が……。お弁当箱を洗ったりしなきゃだし。架住さん、先にお風呂に入っちゃって……ください」

唇に触れたい衝動にかられて、塔真は理性を総動員してこらえた。

架住家に住み込んで一カ月余り。まさかこんな展開になろうとは思いもしなかった。

一度意識してしまうと、そばにいるだけで胸がときめいてしまう。目が合うとどうしようもなく心が惹き寄せられる。潜めた低い囁きを思い出すたび、耳の奥が甘く揺さぶられる。

気持ちを自覚して以来、日々悶々《もんもん》とするばかりだ。

「よーっす」

子供たちが寝静まった午後三時。いつもの調子で立花が託児所の玄関に立った。

「しっ、お昼寝中ですから」

塔真は静かに上がるようにと促し、職員用のテーブルに手招く。

畳の部屋でぬいぐるみを繕《つくろ》っていた近藤が、いただきもののお菓子を出してあげてと小声で言った。

立花は靴を脱ぐと忍び足でフローリングを踏み、「すまん、すまん」と額の前で手を振りながら椅子に座る。

「夏輝はもう起きてるかと思ったんだ」

「だいたい3時半くらいには目を覚ましますね。あとちょっと、待ってやってください」

チョコレートと煎餅《せんべい》を並べた皿をテーブルに置くと、立花は迷わずチョコレートを口に放り込む。顔に似合わず、甘党なのだろう。

「しばらくこっちには来れなかったが、ほれ、写真」

見ろ、と言って分厚い封筒を塔真に渡す。

丁重に出して見ると、それは立花家にお泊りした時の誕生パーティの写真だ。

待望の自転車にまたがってピースサインする夏輝。大きなケーキを前に、満面の笑みの夏輝。他に、何枚ものスナップの中に、夏輝と一緒に写っている二人の子供の姿があった。

夏輝より少し年上の女の子と、少し年下と思える男の子。三人ともどことなく面立《おもだ》ちに似たところがあるから、血の繋がった親戚なのだろう。

でも、似てはいても夏輝が一番可愛いなと、親のひいき目の気持ちになって見比べてしまう。いや、ひいき目じゃなく、架住の顔立ちをはっきり受け継いだ夏輝は、幼いながらも凛々《りり》しさと可愛らしさのバランスが絶妙な美男子だ。

それにしても、この子たちは誰の子供だろうと、不思議に思って目を上げる。

「可愛く撮れてるだろ」

「はい。あの、この子たちは？」

「俺の子供だ」

「……え？」

「あ？」

疑問符で応酬《おうしゅう》して、お互い顔を見合わせた。

「え、立花さん結婚してたんですか？」

「ああ？　たりめーだ。このトシで一人身はありえんだろうが」

「独身だとばかり」

正直に、驚きを顔に表してしまった。

「おまえ、俺が女にモテないとでも思ってんのか？　男は顔じゃねえんだ。すげえんだぞ俺は」

話が下ネタにいきそうになって、塔真は慌てて手を横に振って取り繕う。

「や、だって……なっきくんのことすごく可愛がってるから、立花家に子供がいるなんて思わなくて」

「そら可愛いさ。自分の子供とは違う可愛さがある。うちはじじばばと同居だし、若い衆がゴロゴロいてうるせえくらい賑《にぎ》やかだからよ、父一人子一人の夏輝がなおさら不憫でならねえんだな」

「あ、それわかります。うちも大家族で賑やかだったから」

立花が、うんうんと頷く。塔真も、夏輝を心配する気持ちが立花も同じなのだと知って頷きを返す。

「こうやって三人で並んで写ってると、いかにもイトコって感じしますね。お姉ちゃんのほうが、どっちかというとなっきくんに似てるかな」

「そうだろ、こいつは運良く佳奈美に似たんだ。大人になったらすげえ美人になるぜ。俺にはぜんっぜん似てねえよな」

「え、そんな……」

確かに、立花の面影が見えなくて、ここで正直にそうだと答えていいのか迷ってしまう。

しかし立花は、「似てない」と言え、と鼻の下をデレリと伸ばし、肘で塔真を小突く。

自分と妻よりも、亡き自慢の妹に似ていると言われたほうが嬉しい、妹バカで親バカなのである。

「俺は、妹さんの顔を知らないんで」

「お？　そうか。んじゃ、写真見せてやる」

立花が、財布の中からいそいそと小さな写真を取り出す。

「い、いつも持ち歩いてるんですか……」

カードサイズにして財布に忍ばせているとは、もはや究極の妹バカ。塔真は、期待とも恐れとも取れる複雑な心境で写真を受け取った。

「夏輝が生まれてすぐの頃だ」

というと、ちょうど四年前。塔真は俯《うつむ》きがちにいったん目を閉じ、そしてドキドキしながら目を開けた。

動物園に行く前の晩、架住は塔真の寝顔をじっと見つめていた。話をする時にもよく目元をすがめて見据えてくるし、最近ではふと気づくと見られていたということもある。もしかしたら、亡くなった妻の面影を重ねているんじゃないかと思ったのだが……。

「あの……。立花さん、俺の顔が妹さんに似てるからここの仕事を紹介したって、言ってましたよね」

「おお、言った」

「……似てないです」

夏輝に初めて会った時に想像した印象の通り、緩やかな曲線を描いた眉は優しげで、情の深そうな唇は魅惑的。立花が自慢するだけあって、とてもきれいな女性だ。

しかしながら、自分に似たところがあるとは微塵《みじん》も思えない。

「どこも、ぜんっぜん。俺、こんな美人じゃないし」

「男が美女と比べものになるわけねえだろ。けどまあ、おまえも男にしちゃイイ線いってんぜ？」

「はあ……、でも」

「本人にはわかんねんだよ、こういうのは」

「う～ん」

腕を伸ばして目から離し、頭を傾《かし》げたり写真の角度を変えたり。そうだと断言されて見れば似ているような、似ていないような……。

「子供に好かれそうなとことか、ふとした時の表情とか、雰囲気がどうかすると似るんだな」

「そんな、抽象的なことを」

「あと、笑った時の顔。目元が特に」

笑った目元と言われても、自分の顔なんか客観的に見られないのでよくわからない。妹を溺愛《できあい》していた兄だけが見つけられる類似《るいじ》点《てん》なのだろうかと、首をひねってしまう。

「あっ！」

と脇から歓声が聞こえたと同時に、テーブルに並べた写真に小さな手が伸びた。

「なっきのしゃしん」

お昼寝から覚めた夏輝が、布団を抜け出してきていたのだ。

「やっと起きたな。チョコ食うか」

立花はさっそく夏輝を膝に乗せ、チョコレートをひと粒つまんで口に入れてやる。

「みぃねーちゃんと、ひぃちゃんだよ」

夏輝は口をモグモグさせながら、イトコと三人で写った写真を塔真の前に掲《かか》げ、楽しそうに説明する。

塔真はいちいち相《あい》づちを打ってやりながら、夏輝の顔から母親の写真へと何度も視線を転じた。


七時ちょうどに夕飯の皿を並べ始めると、玄関からドアを開ける音が響いてくる。

「おとーさんだ！　おかえりーっ」

夏輝が出迎えに廊下を駆けていく。そのまま架住の寝室に入り、ほどなくして父に抱き上げられ、ご機嫌でダイニングに入ってきた。

上着を脱ぎ、ネクタイを外したくつろぎのようす。今夜はもう仕事は終了で、オフィスに戻る必要がないということだ。

毎日といかないのは相変わらずだけど、こうして架住は家で過ごす時間を少しずつ増やしてくれている。今では、夕飯のあと夏輝を風呂に入れて寝かしつける役目も定着していて、率先《そっせん》して我が子に手をかけてやる父親の姿は頼もしい。こんな晩は、絵に描いたように平和なひとときに胸がときめく塔真だ。

「おかえりなさい」

「ただいま」

目が合うと、架住の帰りを心待ちにしていた自分を意識して、一抹《いちまつ》の恥かしさを感じてしまう。理想の形を成《な》してきた団欒《だんらん》の中で、架住を見る自分の目が邪《よこしま》なように思えて後ろめたい。

「日に日に重くなってるような気がするぞ」

架住は、夏輝をチャイルドチェアに下ろして自分もテーブルに着く。

塔真は熱く見つめてしまいそうな視線を、わざとらしくならないようそっと逸らした。

「食べる量が増えてますから。抱っこできなくなるのもすぐですよ」

「嬉しいような寂しいような、ってところだな」

「今のうちに思う存分、抱っこしといたほうがいいかも」

「あのねえ、おとーさん。おじちゃんがね、しゃしんくれたの」

「写真？」

「いっぱいあるよ」

夏輝は、早く早くといった顔で塔真を催促する。

「お誕生パーティでお泊りした時の。今日、立花さんが持ってきてくれたんです」

帰ったら見せようと、カウンターに置いていた封筒を差し出す。架住はそれを受け取ると、取りかえっこみたいにして薄い封筒を塔真に渡した。

「明細書だ」

「ありがとうございます」

夏輝の世話係になってから、これで三回目の給料日になる。振り込まれるのは明日なのだが、いつも支給日の前日に架住から手渡されるのだ。

「これは、美香《みか》と仁志《ひとし》か。しばらく見ない間にずいぶん大きくなったな」

「みぃねーちゃん、からてならうんだって」

「仁志くんじゃなく？」

「うん、みぃねーちゃん。なっきもからてやりたい」

「もう少し大きくなったら、考えてやる」

父子は頭を寄せ合い、楽しげに写真を繰《く》っていく。

架住の隣に寄り添う妻の幻が見えて、塔真の胸にどこからか隙間風《すきまかぜ》が吹き込んだ。

彼らのことがたくさんわかってきたのに、架住との距離がどんどん近づいていくにつれ、間に横たわる線が逆に色濃く浮かび上がる。その線の先には、他人が踏み込むことのできない世界がある。

塔真は明細書と架住父子を見比べ、複雑な心境に陥った。

この家に、いつまでいられるだろう——。

それを考えると、疎外感《そがいかん》のような虚《むな》しさと寂しさを感じて、胸がキシキシと切ない音をたてる。

調子にのって、なんだか家族の一員にでもなったような気分でいた。でも、あくまでも架住に雇われている立場。母親でも妻でもなく、報酬を受けて働いているだけ。しばらくという予定で、そのままドサクサに紛《まぎ》れて住み込み続けているだけの身だ。

夏輝が小学校に上がってなんでも一人でできるようになったら、自分はもうここにいる必要がない。小さな夏輝の世話をする以外、架住に引き止めてもらえる理由がない。託児所の職員として正社員採用してもらえても、家族になれるわけじゃないのだ。

夏輝とは血の繋がりもなく、架住とも一緒にいられるだけの絆《きずな》もなにも持っていないのだから。

この関係を夏輝が理解する日がきたら、自分は面倒見のいいただの保育士でしかなくなる。こんな家族ごっこは、思い出のひとつとなるのだろう。

夏輝が必要としてくれる間はそばにいるなんて架住に言ったけれど、こんな生活にもいつか終わりがくるのは否定しようのない現実だ。

せめて、彼らとの生活が一日でも長く続きますように――。

塔真は胸の中で密かに祈るしかなかった。

「塔真くん、最近ちょっと疲れてる？」

昼寝用の布団を敷きながら、近藤が塔真の顔色を窺う。

「え？　そんなことないですよ」

「でも、時々ぼ～っとしてることがあるわ」

言われて、ドキリとした。疲れてはいないけど、手が空《あ》いた時などふと寂しさに襲われて、考えるともなく床の一点に視線を落としていることがよくあるのだ。

「夏輝くんにつきっきりで、プライベートがないでしょう。ストレスになってるんじゃないかしら」

「それはもう、全然。この仕事は天職だと自負《じふ》してますから、ストレスもなにも感じてません」

「知らず知らずのうちに溜まってきてるのよ。他人の家に住み込みだもの、気疲れしてるんだと思うわ」

「住み込みは……快適だけど……」

てはいる。

塔真は、頼りなく天井を仰いだ。確かに、近藤の言う意味とは違う気疲れが溜まってき

「若いんだから、たまには遊んで発散しなきゃ」

「いえ、俺はもともと遊びには疎《うと》いんで」

「じゃあ、買い物。子供たちが寝てる間、休憩がてらデート用の服でも見てきたら？　少しは気が晴れるわよ」

「気晴らし……」

それもいいかもしれないと、揺れる視線をひとつにとどめた。

母親代わりが必要なくなるまで、父子を助けてそばにいる。その気持ちは変わらないけれど、架住への想いは日に日に増していた。

彼が優しいものだから請われる以上に立場を逸脱して、代わりなんかじゃなく奥さんの半分でいいから好きになってほしいと、欲が深まってしまっているのだ。

いけないとわかっているのに、焦《こ》がれる気持ちが抑えられない。

妹を作ってと夏輝がおねだりした時に、架住は妹は無理だと言ったけど、『家族』というところは否定しなかった。

それが嬉しくて、へんに期待してしまう自分がいる。

こんな感情を知られたら、結婚を迫ったベビーシッターと同じになってしまう。

「ね、ちょっと息抜きしてらっしゃいよ」

うまくいっている彼らとの関係を、自ら壊《みずか》してしまうのだけは避けたいと思う。そのためには、この気持ちをなんとかしてコントロールしながら隠し続けなければならないのである。

この煩悶《はんもん》がストレスとなっているのなら、自分で作って自分に与えているもの。誰にも相談はできない。

「そうですね……。それじゃ、休憩させてもらいます」

息抜きでもして、のぼせた頭を冷やそう。

一時間ほど街を歩いてみることにして、塔真は子供たちを布団に寝かしつけた。

とは言っても、昔から実用的なジーンズやカーゴパンツとトレーナーの組み合わせばかりを好んでいて、おしゃれとは縁遠い塔真だ。

デートなんてものもほとんど経験がないから、気合を入れて買ったことがあるのはリクルートスーツのみ。今さら興味の薄い服を見たところで、楽しくなければ気晴らしにもならない。

ちょっとぶらついたあと、自然と足が向くのは本屋しかない無粋《ぶすい》な若者なのである。しかも、見るところは児童書コーナーで、子供たちに読んでやりたい絵本ばかり。

それでも、天性の子供好きとしては服を見るよりずっと息抜きになって、久しぶりにじっくり吟味《ぎんみ》して回った。

豊富に買い与えられている夏輝が持っていない本や、次のミーティングで託児所用に推薦したい本をメモして、きっかり一時間。

外に出ると……託児所に帰る途中、嫌でも気分が戻ってしまった。

新宿を拠点とするＫＡＺＵＭＩ《カズミ》は、街のあちこちに店が点在しているからだ。

大通りにはリーズナブルな居酒屋、横道に一本入ると高級食材とめずらしい地酒を提供する隠れ家的小料理屋。繁華街の中心にはクラブとバーがあり、きわめつけは架住が最初に経営していたというショットバー。雑居ビルの細い階段から地下一階へと続くその店は、バーテンダーを引退してからも架住自らレシピを考案し、今でも馴染《なじ》み客を引きつけて離さない有名店となっているのだ。

その看板を見ると、どうしたって架住の面影を重ねてしまう。十年前の、現役でシェイカーを振る架住に会ってみたいなどと、妄想《もうそう》して一人で胸を弾《はず》ませてしまう。

でも、十年前というと自分はまだ進路も決まってない田舎の中学生だ。

架住はノーマルの人で、年齢も離れてる。考えれば考えるほど、つり合わない相手なのだと、現実を思い知らされる。

いや、彼に自分がつり合うなんておこがましいことは考えちゃいないけど——。とりとめもなく巡る未練《みれん》の狭間《はざま》で、塔真はふるふると頭を振った。

ショットバーの看板から逃げるようにして、細い横道に入る。そこはまだネオンの灯《とも》らない小さな店が並ぶ、昼間はほとんど人けのない裏通りだ。

ホテル街を避けて少し遠回りしていこうと、左に曲がったところで思いがけない顔が目の前に現れた。

塔真は目を疑った。思わずポカンと口を開けてしまった。

「楠木じゃないか。元気そうだな」

悪びれもせず言うのは、借金を押しつけて連絡を絶っていた合田《あいだ》だ。

「なんで、ここに……。いつ東京に戻ったんだよ」

「先月。いや、職探しでさ」

肩まで伸ばしたレザーカットの髪に、流行のくだけた服装。おしゃれではあるけれど、だらしのなさが垣間見えるのは、見栄《みえ》っ張《ば》りで無責任な合田の性格そのもの。職探しなんて、とっさに思いついた出まかせだろう。

塔真は、合田の頭のてっぺんからつま先までジロリと見やった。

たった今まで、その存在をすっかり忘れていた。驚きもなければ、心を動かすなにものもない。せっかく気晴らしに出てきたのに、嫌なものに遭遇してしまったという忌々《いまいま》しい気分だ。

「おまえ、KAZUMI《カズミ》グループの社長んとこで住み込みのベビーシッターやってんだって？」

「……なんで知ってるの」

ヘラヘラと言う合田の顔を、訝《いぶか》しげに睨んだ。

「大山《おおやま》に聞いたんだ。こないだ、バッタリ会ってよ」

「ああ……」

大山は大学時代の、合田と共通のゼミ仲間である。そう言えば、夏輝が退院してすぐの頃に大山から合コンの誘いの電話があった。その時にお互い近況なんかをちょっと話して、今は住み込みの仕事で忙しいからと断ったのだった。

名前まで教えなければよかったと、合田の嫌な含みのある顔を見て塔真は後悔した。

「なかなか連絡できなくて悪かった。俺の代わりに借金払ってくれてるんだって？　苦労させちまったな」

「まあ、おかげさまで。なんとかやってるから」

「俺も田舎でいろいろあったんだ」

「お父さん、……手術ダメだった、とか？」

「それはうまくいった。近いうち三度目の手術があるんだけどよ」

「大変だね」

「俺もむこうで働いてはいたんだがな、なにしろ手術費がバカ高い。田舎じゃ助けになるほど稼《かせ》げねんだわ」

父親の病気は本当かもしれないけれど、そんな重篤《じゅうとく》な状態ではないだろう。今だからわかる。この男は、よどみなく嘘をつく。

「やっぱ東京のほうが給料いいじゃね。だからこっちで稼いで、仕送りしてやるつもりなんだ」

しかし、最初から疑ってかかれば穴だらけなのは丸見え。

少しばかりいい給料をもらったところで、東京は家賃が高ければ物価も高い。親元で働いたほうがよほど助けになろうというものである。こんな怠《なま》け者の労費家が、いくら稼いだって仕送りになど回せるわけがないのだ。

初めてできた恋人で、比べるものがなくて、言葉の全てを信じてしまっていた。困っている合田の力になりたいと真剣に思った。

でも今は、恨みや憎しみどころかなんの感情も湧かず、どんなに言い訳されてもそれが嘘だと見透かせてしまう。架住と比べて合田がどれだけ卑小《ひしょう》な男かがよくわかる。

一時《いっとき》でもこんな男が好きだったのかと思うと、見る目のない自分が情《なさ》けないばかりだ。

「なあ、俺たちヨリ戻そうぜ」

「ヨリ？　別れた自覚があるんだ？　ていうか、合田は借金を押しつけて俺を切ったんだよな」

「切ったんじゃねえ、しかたのない状況だった。これでも田舎で頑張ってたんだ。な、頼むから、やり直そう」

「勝手なことばかり言うな」

「悪かった。本当にすまない」

「戻すヨリなんか、最初から合田にはなかっただろ」

白々《しらじら》と言って背を向けると、合田が塔真の肩に手をかけた。

「この東京で、おまえだけが俺の癒《いや》しだ。おまえだけが頼りだ」

猫撫で声で腰に腕を回して引き寄せる。

「好きなんだ。捨てないでくれ」

キスしようと唇を近づけられて、とっさに顔をそむけた。ところが、剥《む》き出しになった首筋を強く吸われてしまった。

生温かくぬめる感触。全身に鳥肌が立った。不快と嫌悪で体が凍りついて、出かかった悲鳴が喉に詰まった。

「や、やめろよ」

ようやく声を絞り出すと、手足がバネのように弾けて合田を突き飛ばす。だが、逃げ退《さ》ろうとした腕をつかまれた。

「仕事がみつかったら借金はちゃんと払う。おまえが今まで返済してくれた金も、おまえに返す」

「離せっ。保証人になってる借金は、これからも俺が返済する。だからもう、俺にかかわるな」

「おまえ、そんなに稼いでるのか?」

ふいに、合田の目がギラリと不穏《ふおん》な光を帯びた。

「へぇえ……、そうか。KAZUMI《カズミ》グループの社長ったら、がっぽり儲《もう》けてそうだもんな。給料、いくらもらってんだ?」

「合田には関係ない」

「わかった。ヨリ戻すのはあきらめる。その代わり、金貸してくんねえかな。それを元手に、ちっと増やしてくっから」

「ふ、ふざけるな。今さら貸す義理も余裕もあるもんか」

一刻も早く合田の前から立ち去りたいのに、つかまれた腕を振りほどくとすぐにまた反対の手をつかまれてしまう。

「貸してくれって頼んでるだけだろ。そのうち返すって」

「だから、ないものは出せない」

「ケチくせえこと言ってんじゃねえ」

素直で騙《だま》しやすいはずの塔真が思い通りにならなくて、合田はガラリと態度を変え、露骨《ろこつ》な苛立《いらだ》ちを見せ始めた。

「じゃあ、コレ見てみな」

おもむろに携帯を取り出し、データフォルダを開いて突きつけた。

塔真は、慄然《りつぜん》として息を呑んだ。

「俺たちの、愛の思い出だ」

それは合田に抱かれている塔真を写したもので、裸の上半身だけど、表情を見ればなにをしているシーンなのかは、誰でも想像がつくきわどいショットだ。

合田が金を持って田舎に帰る前の晩だった。記念だなどと言って写された時に、憤慨《ふんがい》してデータを消去するよう迫った。だけど、離れている間もこれを見て自分を慰めたい、これがあれば辛《つら》くても頑張れると言われて、ほだされてデータを残すことを許してしまった恥かしい一枚だ。

こんな男を信じて、結局は人を見る目がないがために脅《おど》しに利用されるとは、とことんうかつで考えの甘い自分である。姑息《こそく》で狡賢《ずるがしこ》い合田よりも、間抜けな自分のほうに愛想《あいそ》が尽きてしまう。

「おまえの住み込み仕事って、社長の愛人業？　でなきゃ、他人の借金返すなんて気前のいいこと言えねえよなぁ」

「な……、下世話なことを……。あの人は、結婚して子供もいるんだから……」

「ふ～ん。純情なやつだと思ってたけど、うまくタラシ込んだんだな」

「違……っ」

「この写真、プリントして社長に送りつけたらどうなる？　そうだ、新宿中にもバラまいてやろうか。そしたらおまえ、ケツが危なくなって、一人で歩けなくなるぜ」

ニヤリと笑う顔が、醜《みにく》く歪《ゆが》む。

「財布に入ってる金をちょっと分けてくれって言ってんだ。手切れ金だと思えば安いもんだろ」

本当にこれっきりにしてもらえるのだろうかと、疑わないわけでもなかった。でも、今の塔真には合田に対抗する手段はなかった。

あんな写真を架住に見られたくない。ロクでもない男につくして、卑猥《ひわい》な写真まで撮らせた自分がひどく汚れて思えて恥かしい。あげく脅迫されるバカな人間だなんて、情けなくて知られたくないのだ。こんな面倒事を持ち込んだら、今度こそ本当にクビになってしまう。

操られるようにしてポケットから財布を出すと、合田がすかさずもぎ取りセカセカと中を開く。

「ほら、持ってんじゃねえか。……って、一万ぽっちだと？」

「だ、だから……借金払ったら、俺の金なんてそんなものなんだよ」

合田は一万数千円を抜き出し、小銭だけを残した財布を投げつけて返す。

「んじゃ、社長に小遣いもらってこいよ」

塔真は言葉を失くした。胸に当たって落ちた財布を拾うのも忘れて、茫然《ぼうぜん》と合田を見上げた。

「ちょっとおねだりすりゃ簡単だろ。それができなきゃ黙ってくすねてこい。夜にでもまた電話すっから」

恐喝《きょうかつ》の常套《じょうとう》である。脅《おど》せばいくらでも搾《しぼ》り取れると思われたのだ。

ヤクザの取立て屋よりタチが悪い。ロクでもない男なのはわかっていたけど、ここまで悪辣《あくらつ》だとは考えが甘かった。

安易《あんい》になけなしの金を渡して、ただつけあがらせただけ。人を見る目のない自分が、つくづく嫌になる。

合田が去ったあと、塔真はなす術《すべ》もなく立ち尽くしていた。

寝ついたばかりの夏輝の布団をかけ直して、慄《おのの》く指をきつく握り込む。

玄関から聞こえてきた物音にピクリと耳をそばだて、憂苦《ゆうく》に眉間《みけん》を歪《ゆが》めた。

今夜は、架住は七時の夕飯には戻らなかった。仕事が忙しいから抜けてこられなかったのだろう。それなのに、こんな早い時間に帰宅するのはめずらしい。

まともに顔を見ることができない。迎えに出るのが、今はひどく勇気がいる。いつだって架住の帰りを心待ちにしていたのに、もっと遅くなってほしかったなどと思ってしまうのは、初めてのことだ。

できることなら、このまま顔を合わせずに寝てしまいたい。そして、朝になったら合田との再会が夢になっていればいいのにと、無駄に願ってしまう。

でも、合田は夜にまた電話すると言っていた。金の工面《くめん》の首尾《しゅび》を聞くためだ。

塔真は暗澹《あんたん》とした面持ちで、夏輝の部屋を出た。

いつも帰宅するとまっすぐ寝室に入るのに、なぜか架住は待っていたかのようにリビングにたたずんでいた。

必死に平静を装《よそお》い、おかえりなさいと言ってそばに立つ。

「あの、……お願いがあるんです」

自分にうしろめたいものがあるせいか、架住の表情が心なしか強張っているような気がする。目元をすがめられるのにも慣れたはずなのに、見据えられて心臓が不穏なリズムを打った。

「給料を少し……、前借りさせてもらえないでしょうか」

「理由は」

「じ、実家の……」

声を発してすぐ、口ごもってしまった。信頼してもらえたばかりなのに、嘘はつきたくない。でも本当のことなんて言えなくて、言葉が不自然に消えてしまったのだ。

「実家が、どうした」

「いえ、……その……」

架住の瞳が、険《けん》を含む。

「昼間、会っていたのは合田か?」

いきなり言い当てられて、足元の崩れるような衝撃を感じて目を見開いた。とっさにごまかすことなどできない純朴《じゅんぼく》な塔真だ。答えようとした唇が震えて、色を失った。

「バーの前を歩いているのを見かけた。裏通りに入ってから、ずいぶんと仲よさそうにしてたな」

「ど、どうしてそれを……」

架住には庭とも言える街である。歩いているところを見られても不思議はない。たまたま通りかかって、一部始終を目撃されてしまったのだろう。不審に思っていたのが帰るなり給料を前借りさせてくれと言われて、合田に渡す金だと察したのだ。

「行方《ゆくえ》をくらましていると聞いたが、今までも隠れて会ってたのか？」

「バ、バッタリ……偶然です。こっちに戻ってるなんて、知らなかった」

しどろもどろに、それでも懸命に申し開きしようと、塔真は架住を見上げた。けれど、はね返すような厳しい目でじっと見据えられる。針を刺すみたいな鋭い視線で、全身の皮膚《ひふ》がピリピリと痛んだ。

「前借りしたらその次は？　あいつと二人でなにを企《たくら》んでる」

「本当に、今日は偶然会っただけなんです。企むなんて……、信じてください」

「あの男に金を渡すんだろう。嘘をつかれるのは嫌いだ」

「そ、それは」

「おまえの人柄を信用して、夏輝の世話を任せた。おまえのことを母親同然に慕《した》っているあの子を、裏切ることにもなるんだぞ」

心臓が凍りついて砕けそうになった。とりあえず金を渡して時間を稼いで、なんとか解決策を探すつもりだったのだ。それがこんなことになってしまって、どうしたらいいのかわからずまともな言葉が出ない。

架住を幻滅《げんめつ》させた。信頼を踏みつける結果になって、ひどく怒らせているのが伝わってきて心が竦《すく》んだ。

「家族になりたいと言ったのは嘘だったのか」

「ち、違います。なっきくんがすごく可愛くて、本気で……家族になれたらと」

「それなら、なぜ嘘をつこうとした？　俺よりあの男のほうが大事だからか？」

「違う。俺は、あなたのことが好きで……」

こんな時に想いを暴露《ばくろ》したって、信じてもらえるわけがない。ドサクサに紛《まぎ》れてなにを言うのかと、また言葉を途切れさせてしまった。

だが、それがよけいに架住を不快にさせたらしい。ふいに塔真の首筋に視線をとめ、眉間にいっそう険しいしわを刻んだ。

自分のなにを見られたのか、即座に理解して塔真は掌で首を押さえた。合田に吸われた印が、そこにあるのだった。

「言うだけなら容易《たやす》い」

架住は、塔真の手首をつかんで引き剝《は》がす。激昂《げっこう》して燃え盛《さか》る瞳が、露出《ろしゅつ》した赤い印を突き刺した。

無言で問い詰《つ》められ、そして追い詰められる。

思わず怯《ひる》んで後退《あとずさ》ると、膝裏にソファが当たって崩れるようにして座ってしまった。

唇に唐突な感触が押し当てられて、それがキスだとわかるまでに数秒かかった。押し倒された体がソファに張りつけるようにして拘束《こうそく》され、架住の唇にキスマークのついた皮膚を捕らえられた。

「か、架住さ……っ」

首筋に歯をたてられて、小さな悲鳴を上げてしまった。

架住の手がトレーナーの中に侵入して、さらに荒々しく素肌をまさぐられて塔真は愕然とした。

架住は、塔真を抱こうとしているのだ。怒りに駆り立てられ、やり場のない激情をぶつけてくるかのように。

でも、なぜ——？

信頼を裏切る結果になって、即刻解雇を言い渡されると思った。それがどうして予想もしなかった展開になっているのか理解できない。困惑するばかりで思考が飛び散り、反射的な抵抗が手足をバタつかせた。

「や……、あっ」

カーゴパンツの前が開かれて、のしかかる重みに抗《あらが》う力が奪われていく。麻痺《まひ》していく感覚の中から、甘い疼《うず》きが湧き上がり始めた。

触れたいと望んだ架住の体温に、抱かれているのだ。なにもかも忘れて、今はこのまま流されてしまってもいいだろうか。そう、ぼんやりと考えた瞬間。

「ケンカしちゃだめーっ！」

夏輝の声が塔真の意識を呼び戻した。

目が覚めてしまって、塔真を探しに出てきたのだろう。

「おとーさん、とーまくんをいじめたらいけないんだからね」

ソファに駆け寄ってくると、組み敷かれた塔真をかばって父の服を引っ張る。

「ケンカじゃない。おまえは部屋に戻りなさい」

架住が半身を起こすと拘束が解けて、塔真は慌ててカーゴパンツの前を閉じた。そして立ち上がるなり、すがりついてくる夏輝の手を払いのけてリビングから逃げ出した。

「とーまくん！　どこいくの？」

情けないところを見せてしまって、いたたまれない。かばってくれる夏輝になんと説明してやればいいのか、思いつかない。

突然の架住の真意が見えないことにも急な恐怖を感じて、感情と思考がごちゃごちゃに混乱していた。

「まって、とーまくんっ。なっきがおとーさんのこと、おこってあげるから。とーまくん！」

今にも泣きそうな声が、玄関まで追いかけてくる。

「おとーさんのばかーっ」

お父さんが苛《いじ》めたせいで自分まで嫌われたと、思ったのかもしれない。けれど、塔真は後ろを振り返ることができず、架住の家を飛び出した。

誠意と信頼で築かれつつあった関係を、浅はかな考えでぶち壊した。ただただ自己嫌悪と後悔ばかりが渦《うず》を巻く。

夜の街をやみくもに走り抜けて、ふとウィンドウガラスに映った自分を見て足を止めた。取り乱した表情。髪はバサバサで、トレーナーの裾《すそ》からシャツがだらしなくはみ出したみっともない姿。

必死に呼ぶ夏輝の声が、耳の奥によみがえる。やがてこだまして身の内に沁《し》み入り、痛みへと変わった。

夏輝にとって大好きな、自慢の父だ。ばかだなんて悪態《あくたい》をついたのは初めてのことだろうに、それを言わせた原因が自分なのだと思うと気が咎める。

呼び声に応えるようにして振り返ると、ネオンの灯《とも》る街路に乾いた風が吹き抜けた。

あたりは数組のカップルがひっそりと行き交う、ホテル街の静かな一角だ。

そのまま人目を避けて、細い横道を選んで歩くうち少しずつ頭が冷えてくる。他に方法はなかったのかと、次第に新しい考えが巡ってきた。

あんな逆鱗《げきりん》に触れてしまっては、やはり解雇はまぬがれないだろう。でもこのまま終わったら、架住の金を奪おうとする合田と共謀《きょうぼう》していると思われてしまう。

写真を見られてもいい。不誠実な気持で家に入り込んだとだけは思われたくない。父子に出会ってからの日々がとても大切なものだったと、それだけは信じてほしいのだ。

正直に、全てを話そう。たとえ許されなくとも、この気持ちが伝われば少しは怒りを解いてくれるかもしれないと期待して。

架住の怒り……。

そういえば、彼はなぜあんな行為に及んだのだろう。突然のことで脈絡が思い当たらなくて、ただ驚いてしまった。

嫉妬《しっと》されているのかと錯覚してしまいそうな、荒々しいキス。苛立つ指の動き。

やっと気が落ち着いてきて、夜空に視線を浮遊《ふゆう》させながら今までの架住の言動を思い出してみる。

そして、いやいや、それこそただの錯覚だと頭を横に振る。

ふいに、カーゴパンツのポケットで携帯が鳴ってドキリとしてしまった。

架住だ。心は決まっても、まだ覚悟ができていない。

おずおずと携帯を耳に当て、か細い声を出す。

「楠木です……」

『夏輝がいなくなった』

いきなり飛び込んできた声に、こめかみを強く叩かれた。自分がみるみる青ざめていくのがわかる。心臓が破裂しそうなほど、胸の内側を強く叩いた。

「ど、どういうこと……ですか?」

緊張して声が震えてしまう。

『おまえを追いかけていったんだ。あのあと、なだめて一度ベッドに入れたんだが、目を離した隙に出てしまった』

今度は呼吸が止まりそうなほど心臓が抉《えぐ》られた。

なんてことをしてしまったのだろう。後悔に継ぐ後悔で、頭の中が真っ白に爆《は》ぜて倒れそうになった。

ケンカして負けていると思った夏輝は、懸命に味方をしてくれた。呼びながら追いかけてきてたのに、応えてやりもせずドアを閉じた。

あの時、ほっぽってしまわなければ……、父子にちゃんと向き合っていれば、こんなことにはならなかったのに。

夏輝を二の次にした自分の責任だ。

物騒な夜の街でもしものことがあったらと思うと、いてもたってもいられない。

『立花さんにも連絡して人手を借りた。それで見つからなければ、警察に捜索を頼むつもりだ』

「は、はい」

『あの子は、おまえを捜してるんだ。夏輝を連れていったことのある場所は？』

「デパートの食品売り場とか……、あとは神社」

『店はもう閉まってるな。神社のほうを捜させる』

「俺も、なっきくんと一緒に歩いた道をたどってみます」

せわしなく言って携帯を切った。

自分が架住の家を飛び出してから一時間ていど。地理を知らない子供の足では、まだそんなに遠くへは行ってないだろう。

駆け出しながら携帯をポケットに収めると、また着信音が鳴った。

架住かと思って急いで耳に戻すと、聞こえてきたのは合田の声だった。

『どうだ？　小遣いもらったか』

普段いいかげんなくせに、こんな時ばかりきっちりした男である。忌々しさに思わず舌打ちしてしまう。

「今はちょっと。明日にしてくれないかな」

邪険に言うと、合田は携帯の向《む》こうで気味の悪い笑い声をたてた。

『真面目なおまえのことだ。延ばし延ばしにして、次の給料日にまた一万、とか言うつもりだろう。わかってるぜ』

「だったら、次の給料日まで待って。俺は社長の愛人じゃないんだから、すぐに捻出《ねんしゅつ》できる金なんてないんだ」

『待てねえな。……なあ、子供、捜してんだろ』

「え……？」

『金を持ってくる手間を省《はぶ》いてやろうと思ってよ、さっき架住のビルの近くまで行った』

聞いた瞬間、ザッと音をたてて血の気が引いた。

『そしたら、パジャマ着た子供がおまえを呼びながらうろうろしてた。名前を訊いてみたら「架住夏輝、四歳になりました」って。さすが、金持ちの子供はしっかりしてんな』

「で？　あの子は今どこに？」

『安心しろ。俺が保護してるから』

「だから、どこ？」

『大久保《おおくぼ》のマンションだ』

真面目な塔真は無理してまで金を作れない。それがわかっている合田は、偶然見かけた夏輝を脅しの決定的な材料にしようともくろみ、連れ帰ったのである。

徒歩でも行けるが、車なら十分もかからない距離だ。塔真はタクシーを捕まえようと、すぐさま表通りに走った。

「迎えに行く」

『慌てるな。子供は海外じゃ高く売れるんだ。そんな国のやつにつかまってたら、おまえベビーシッター失格、責任重大じゃね？』

「そ、それは……ありがとう」

空車のタクシーに向かって合図《あいず》を挙《あ》げながら、憮然《ぶぜん》として言う。

『穏便《おんびん》に済ませたければ、手ぶらでくるなよ。社長子息を助けた礼、期待してんぜ』

つまりは誘拐も同然じゃないかと思うけど、ヘタなことを言って怒らせて、夏輝に傷でもつけられたら元も子もない。とりあえず、わかったとだけ答えておいた。

タクシーに乗り込むと急いで架住の携帯に電話をかけ、事情をかいつまんで話し、指定の住所とマンションの部屋番号を告げる。

「今、タクシーで向かってるとこです。そろそろ着くと思います」

『わかった、俺もすぐ行く。マンションの前で合流しよう』

「なっきくんが怖い思いをしてますから先に行きます」

『だめだ。俺が到着するまで待て』

「でも……」

返事に迷っていると、タクシーが築年数の古いマンションの前で停まる。話が耳に入っていたのだろう。運転手が怪訝《けげん》な顔で後部座席を振り返った。

「お客さん、ここでいいですか?」

「あ、はい。すみません」

携帯を耳から少し離し、財布に残ったありったけの小銭で料金を払う。そしてタクシーから降りて三階を見上げた。

「着きました」

『いいか、絶対に一人で飛び込むな。おまえまでなにをされるかわからない。そこで待ってろ』

架住の声が焦《あせ》りを帯《お》びているようすだ。

何度も念を押して待てと言われたけど、怖い思いをしているだろう夏輝を思うとじっとしていられない。

各階に五世帯。四階建ての、エレベーターなどない小さなマンションだ。塔真は携帯をポケットに戻し、薄暗い階段を三階までひと息に駆け上がった。

「三〇一……津田《つだ》」

通路の一番はしにある部屋まで歩きながら呼吸を整え、手書き表札の文字を確認する。旧式のブザーを鳴らすと色白の男がドアを開け、中に入れと塔真を招き入れた。

どことなく不健康な印象の彼が部屋の主で、表札の名前の津田。転がり込んでいる合田との関係は、セックスありの遊び仲間だろうと思える。

合田はなんでも出したら出しっぱなしだったけど、この男もまただらしない。いや、二人で散らかし放題の成果《せいか》であろう。

狭い玄関には重なるほどの靴が並び、その中に夏輝の小さなサンダルがひとつ。台所のシンクに食べ捨てたカップ麺《めん》の残骸《ざんがい》と出前の食器が汚れたまま積まれ、引き戸を開け放した続き部屋のあちこちに洗濯したんだかしてないんだか判断つかない服が脱ぎ捨てられている。

遊びっぱなしのゲーム機に何本ものゲームソフト、さらに雑誌やら紙くずやらが散乱して、足の踏み場もない惨状《さんじょう》だ。

ベッドの上まで雑誌だのなんだのが占拠《せんきょ》していて、その真ん中にライオンのぬいぐるみを胸に抱いた夏輝がちょこんと座っていた。

どうやらひどい扱いはされていないらしい。無事な姿が確認できて、とりあえず塔真はホッとした。

それにしても、パジャマのままサンダルをつっかけ、お気に入りのぬいぐるみをお供《とも》に夜の街を追いかけてきてくれたのだと思うと、いじらしくて切なくて胸が迫りくる。

「なっき!」

夏輝が塔真を見るなり、声を上げてベッドから降りた。

「とーまくん!」

ゴミを踏み越えて駆けてくる小さな体を受け止めようと、塔真は両腕を広げた。ところが夏輝は津田にひょいと持ち上げられて、窓際に引き離されてしまった。

「先にほら」

合田が塔真に向けて手を出す。礼というたてまえの身代金を要求しているのだ。

「急だったから、まだ用意できてない」

合田は玄関に向けて顎をしゃくった。

「出直せ。子供はもう少し見といてやるからよ」

「この子は関係ないだろ。早く親元に返してくれ」

「写真、バラまくぞ」

「勝手にすればいい。あんなもの、痛くも痒《かゆ》くもない」

きっぱり言って、毅然《きぜん》として睨み上げる。

しかし、合田はふてぶてしい顔で目尻を吊り上げ、塔真に迫った。

「脅しが足りなかったようだな」

「つ……っ！」

いきなり突き飛ばされて、ベッドに仰向けに倒れ込んでしまった。

もがく右手首をつかまれ、ベッドヘッドに押しつけられた。ガチャリ！　と金属をはめる感触に、ぎょっとした。

玩具《おもちゃ》の手錠で右手をベッドヘッドに繋がれてしまったのだ。

「すぐ金を出したくなるような、もっと恥かしい写真を撮ってやる」

「ちょっ、なにするんだ」

服を脱がそうと、合田が手を伸ばす。

「よがってる上半身じゃ、ぬるかったよな。一番感じるとこを攻めて、アクロバットみたいな格好の秘部丸出しポーズにしよう」

「ふ、ふざけんな」

よがってる上半身だけでもあれだけ苦悩したのに、新たにそんな写真を撮られたらたまらない。

「こっ、子供の前でとんでもない」

カーゴパンツのファスナーが下ろされそうになって、慌てて合田の腹を蹴り上げた。

「いってぇ……、やりやがったな。SM《エスエム》プレイに変更すんぞ、こら」

怒る合田の平手が塔真の頬を打った。

「とーまくんをいじめるなーっ！」

夏輝が叫び、ベッドに走り寄ろうとする。けど津田に襟首《えりくび》をつかまれて、簡単に引き戻されてしまった。

「はなせっ、とーまくん！　とーまくん！」

「子供に乱暴するな！」

塔真はベッド上に散乱している雑誌を津田に投げつけた。

「乱暴されんのはおまえだぜ」

合田が暴れる塔真の足をまたいで押さえつけ、また頬を平手打ちする。

塔真は、唯一動《ゆいいつ》かせる左手を必死に振り回して抵抗した。木製の安っぽいベッドが激しく揺れて、今にも崩壊《ほうかい》しそうな音をギシギシとたてた。

「やめろ、いじめっこ！　わるもの！」

「うるせえ。そのガキ、黙らせとけ」

「も〜、今夜は赤坂に寿司食《すしく》いに行くって決めてたのに。と〜まくんさぁ、あきらめてさっさと金持ってきなよ」

めんどくさそうに文句を言う津田が、あぐらに座った膝に夏輝を乗せる。叫ぶ小さな口を片掌で塞《ふさ》ぎながら、ジッポーのライターで煙草に火をつけた。

「うぎぃぃっ」

夏輝が渾身《こんしん》の力で手足をバタつかせ、口を塞ぐ手に噛みつく。

「痛あぁっ！」

口から手が離れたと同時に、素早く駆け出す。

思わず悲鳴を上げた津田の右手から、火のついたままのライターが転がり落ちた。それがカーテンに火種《ひだね》を移し、メラメラと燃え広がった。

安物の化繊《かせん》カーテンである。燃え崩れた布片が降りかかり、津田の着ているシャツの肩からも火の手が上がった。

「あち、あちち」

おしゃれな茶髪がチリチリと縮れていく。津田はジタバタと身をくねらせてシャツを脱ぎ、慌てて投げ捨てた。

しかし、足の踏み場もない散らかった部屋なのだ。

燃焼素材は豊富。投げたシャツから他の脱ぎ捨てた服、雑誌や紙くずへと、火はどんどん燃え移っていく。

「なにやってんだよ、津田」

「うわ、大変だ。消せ、消してくれ」

動転した津田がコップに注いだ水をまくけれど、焼け石に水ていどの効果だってありはしない。

合田がベッドから飛び降り、掛け布団を振り回して消火にあたる。だが、増していく火勢をよけいに煽《あお》るばかりで、すぐにあきらめて放り出した。

火の手は散らかった部屋を舐めるようにして広がり、積み上げた雑誌にたどり着くと炎の塊《かたまり》と化す。

こうなったらもう手に負えない。

夏輝がベッドに上がり、右手を繋がれたままの塔真にしがみついた。

「とーまくんっ」

「なっき、大丈夫。心配ないよ」

塔真は左腕で、しっかりと夏輝を抱きしめた。

「合田、これ外して。逃げなきゃ、素人《しろうと》じゃもう消火は無理だ」

声が聞こえているのかいないのか、合田と津田はなす術《すべ》もなくただ愕然として室内を見回す。

「合田！」

もう一度声を張り上げると、彼らはビクンと肩を震わせ顔を見合わせた。そして、情《なさ》けない悲鳴を漏らして塔真に背を向けた。

「あっ、合田？　待てよっ、これ外せってば」

二人して先を争い、玄関に向かって走っていく。塔真はその後ろ姿に、必死になって怒鳴った。

「鍵はどこだ、鍵を置いてけ！」

押し合い、もつれ合う姿が、掃《は》き出されるようにしてドアの外に消えた。

「くそっ、戻れっ！　なっきだけでも連れていけ！」

なんと、信じられないことに塔真たちを置いて逃げたのだ。必死に叫ぶその先で、クローザーのついたドアがゆっくりと閉じていく。

「このロクでなし！　ばかやろう！」

罵倒は玄関に届く前に、空《むな》しく炎に吸い込まれた。

最低すぎて、呆れる気力も失せてしまう。だけど、なんとかして夏輝だけは助けなければいけない。

今ならまだ、子供の足でも余裕で逃げられる。

「なっき、玄関まで走れるね？」

夏輝は頷きながらも塔真を見上げ、それから右手首を拘束する手錠に心細そうな目を転じた。

「とーまくん、これとらないと」

「うん、あとでね。だからなっきは先に逃げて」

焦《あせ》りが夏輝に伝染《でんせん》しないように、努《つと》めていつもの口調で避難を促す。しかし、夏輝は塔

真にしがみついたまま大きく首を横に振った。

「やだ」

「きっと、お父さんが下まで迎えに来てる。早く外に出るんだ」

「だめ。とーまくんもいっしょににげるの」

「なっき……」

子供の『いや』と『だめ』は、成長の証《あかし》。でも今は喜んでいられない。

散乱物を燃やしながら勢いを強めていく炎は、じき建材を侵し、完全に退路《たいろ》を塞ぐだろう。その前に、火がベッドに燃え移ったら逃げる術もなく炎に呑まれる。猶予《ゆうよ》している暇《ひま》はないのだ。

「言うことをききなさい。俺から離れて」

怒った顔を作って、すがりついてくる夏輝を胸から引き剥がす。床に転がったライオンのぬいぐるみが、炎に取り囲まれ無残に燃え上がっていくのが見えた。

隠せない焦りが夏輝に伝わり、小さな体を恐怖が襲う。だが、夏輝は大きな目で塔真を見上げては睫毛を瞬かせ、涙がこぼれ落ちそうになるとパジャマの袖でゴシゴシと目元を擦った。

「お願いだから、一人で逃げて。お父さんのところに行って」

悲痛な声を上げると、夏輝は唇を引き結び、キッと歯を剥《む》き出した。そして、だしぬけに塔真の右手首にかぶりつき、ガジガジと手錠を齧《かじ》り始めた。

「なにしてるのっ」

「なっきがこわす！」

「無理だよ。口の中ケガしちゃうから」

塔真は胸が熱くなった。だけど心臓が潰れそうに痛んだ。普通の四歳児なら泣き叫んでいるだろうに、涙をこらえて必死に守ろうとしてくれている。

なんて健気《けなげ》で、強い男の子だろう。はっきりとした意思を持つ表情は、幼いながらも父親にそっくりだ。いつか父を越え、立派な男に成長するであろう将来の楽しみな子供。

それを、くだらない事情でこんな危険に巻き込んでしまって、夏輝の身にもしものことがあったら……。

「いいんだ。俺のことは……いいから」

この子がいなくなったら架住は一人になってしまう。神様、どうかこの子を、たった一人の家族を彼から奪わないでください——と、心の中で何度も唱《とな》える。

夏輝を背中から抱え込み、手錠を齧らせないよう左手で右の手首を隠した。

燃え立つ炎は恐ろしい勢いで壁を舐め上げ、天井へと触手を広げながらベッドに迫ってくる。玄関までの逃げ道も、渦巻く煤煙《ばいえん》が覆い始めていた。

空気が急速に薄くなったようで、息苦しくなってきた。吸い込むキナ臭さが、鼻と喉を刺激した。

「だいじょうぶだよ。おとーさんがたすけてくれるから」

塔真の腕の中で、まっすぐな瞳がキラキラと輝く。

「もうしたにきてるんでしょう？」

父が助けに来ると信じて疑わない夏輝には、恐怖はあっても危機感や絶望はないのだ。どうしようもなく切なくて、小さな肩をきつく抱きしめる。と、夏輝がピクリと耳をそばだて、塔真の腕の中から首を伸ばした。

「ほら、きた！　おとーさんだ！」

塔真にも確かに聞こえた。荒れ狂う炎と煙の向こうで、自分たちを呼ぶその声。夏輝と一緒に玄関のほうに目を凝《こ》らすと、そこに頼もしい長身が浮かび上がった。

安堵《あんど》と焦りが入り混じり、思わず身を乗り出すと手錠が手首に食い込んだ。

「架住さん、ここ！」

大声を出すと煙をめいっぱい吸ってむせてしまう。

「塔真、夏輝！」

火事場に飛び込むために水をかぶったのだろう。薄手のジャケットと髪の先から水滴《すいてき》が滴《したた》り落ちる。

塔真は喉の痛みで咳き込みながら、滲《にじ》む涙を手の甲で拭った。

「怪我《けが》はないか」

「なっきはない。でもとーまくんが、ほっぺにかいもたたかれた」

合田の連続平手打ちがよほどショッキングだったらしい。夏輝は塔真の頬を撫でながら憤慨《ふんがい》して訴える。

架住がそれに応え、まだ赤身の薄っすら残る塔真の頬に指をすべらせた。

「これのせいで逃げられなかったのか」

ベッドヘッドに繋がれた手首を見やり、外せないものかと試みる。

「鍵がないんです。俺のことはいいから、なっきを連れて逃げて」

「ばかを言え。置いていけるわけがない」

「でも――っ」

部屋のどこからか、建材の裂ける不気味な音が鳴り響いた。

築三十年以上は経っていると思える古いマンションだ。天井が焼け落ちる前兆《ぜんちょう》かもしれない。火勢は瞬く間に広がって、グズグズしてたら玄関が完全に炎で塞がれてしまう。

「だめだ、早く逃げて。なっきを助けに来たのに、こんなもの外そうとしてたらあなたまで危ない」

塔真は取り乱し、夏輝を押しつけるようにして架住に引き渡そうとした。しかし、架住は夏輝を押し返して、ジャケットを脱ぐと塔真の頭にかぶせかけた。濡れた感触が、炙《あぶ》られた髪にジワリと滲み込んだ。

「俺は、塔真と夏輝の二人を助けに来た。絶対に置いてはいかない。俺たちにはおまえが必要なんだ」

「だって、こんなことになったのは俺の責任なのに。お願い、なっきを助けて。俺なんかもう死んだっていいんだから、あなたまで巻き添えにならないで」

「塔真！」

力強い声で名前を呼ばれ、焦りに潤《うる》む瞳で架住を仰ぎ見る。

端整な顔がふわりと目近に寄せられて、しっとりとしたキスが震える唇を包んだ。

「おまえが好きだ。大切な人を失う悲しみは、二度と味わいたくない」

思いもかけない言葉が、甘い呼吸とともに吹きかかる。

「俺を後悔させるな。一緒に逃げるんだ」

頭の中で、架住の言葉がリフレインした。意識がのぼせて、眩暈《めまい》にも似た感動が全身を痺《しび》れさせた。こんな状況にあって、自分がチョコレートみたいにトロリと熔《と》けたような気がした。

「塔真は大事な家族だ。なあ、夏輝」

「うんっ」

「架住さん……、なっき」

彼らを想うこの気持ちを、架住は信じてくれている。家族として、自分の存在が必要とされている。

父子に見つめられて、今すぐ玄関に向かってダッシュする勇気が湧いた。

しかし、手首は依然ベッドに繋がれたままである。

「二人とも、すぐ助けるから。あと少し頑張れ」

架住は周囲を見回し、濡れたジャケットで足元の炎を薙《な》ぎ払いながら台所へと素早く走った。

使えそうなものを探しているのだろう。その姿を見守りながら、架住が今にも火勢に包囲されるんじゃないかと塔真はハラハラした。

一方では、ついにベッドにまで及んだ火が、マットレスの足元でメラメラと炎を揺らし始めていた。

「おとーさん、早く、早くっ」

夏輝が塔真の首にしがみつき、必死になって父を急《せ》かす。

窓の外では、けたたましいサイレンが何重にも重なり、マンションの前で止まる。通報を受けた消防車が、続々と到着しているのだ。

台所から駆け戻った架住は、火の手の迫るマットレスをベッドから落として遠ざけた。

そして、見つけたアイスピックの先端を手錠のチェーンのひとつに差し込み、グリッと力任せに回した。

「こうすれば外すのは簡単だ」

テコの応用である。アイスピックを差し込んだ輪の繋ぎ目が広がって、塔真をベッドへッドに拘束していたチェーンは簡単に外れた。

「すごい！　やったね！」

父を見る夏輝の瞳に、尊敬の念が溢《あふ》れていたのは言うまでもない。

「塔真、俺から離れるなよ」

言うと、架住はまだ濡れているジャケットで夏輝の頭から上半身までを包んで抱き上げる。「走れ！」という声《こ》を聞いて、塔真は架住から一歩も離れず玄関まで全力で走った。

荒れ狂う炎が火の粉を散らし、壁や柱を深く侵し始める。急激な高温で膨張した建材が、ピシッ！　バキッ！　と裂けていく不気味な音を連発していた。

ほどなくこの部屋は全焼に至《いた》るだろう。

階段を駆け下りてマンションの外に飛び出すと、あたりは野次馬《やじうま》の人だかり。騒然とする中、到着したばかりの消防隊員が消火作業に取りかかろうと、ホースを消火栓《せん》に繋いでいるところだった。

「夏輝、無事か！」

野次馬の群れから立花がすっ飛んで出てきて、煤《すす》で汚れた夏輝の顔をぺたぺた触って無事を確認する。その後ろで、合田と津田が立花の舎弟《しゃてい》に羽交《はが》い絞《じ》めにされていた。

「こいつら、マンションから逃げてきたとこをとっ捕まえた」

立花は極道然とした顔で、合田の首根っこをつかんで前に押し出す。

合田を見た夏輝が、架住の腕の中でビクンと体を震わせた。

「うわあぁぁん」

突然、泣き声を上げたかと思いきや、抱っこされた格好のまま足を振り上げ合田の顔面に蹴り出した。

「ばかーっ！　うんこ！　しんじゃえ！」

四歳児の精一杯の罵倒《ばとう》である。小さな足だけれど、不意打ちの痛烈なキックは合田の鼻っ面《つら》にまともにヒットした。

立花がゲラゲラ笑って夏輝の逆襲を褒めまくる。よろけながら顔を押さえた合田の指の間から、鼻血がポタリと落ちた。

「とーまくん……とーまくん」

震え声で呼びながら、隣に立つ塔真にすがりついてくる。

怖いのに必死に涙をこらえて、塔真を守ろうとしてくれていた。助かった実感と安堵が緊張の糸を切り、合田を見たとたん爆発したのだろう。

塔真は、架住の腕から夏輝を引き受け、きつく胸に抱きしめた。

「よしよし、もう大丈夫だよ。すごく頑張ったね、偉かったね。悪者までやっつけちゃって、なっきは強い」

「夏輝がこんなに頑張れる子だったとは、お父さんびっくりしたぞ」

架住はおおげさに言って、ポンポンと夏輝の頭を撫でる。

「すげえぞ、夏輝。おまえは男だ！」

三人して称賛《しょうさん》を並べ立ててやると、夏輝はいっそうの泣き声を張り上げ、力いっぱい塔真の首にしがみついた。

「うわあぁぁ」

我慢していたぶん、泣き出したらもう滝の涙が止まらない。

「守ってくれて、ありがとう」

背中を撫でてやりながら、塔真の瞳からも涙がこぼれ落ちた。

「それで、こいつら。うちの組で制裁するか、警察に全部任せるか、おめえたちはどっちにしたい？」

立花が、合田の頭をど突いて言う。

「借金のこともあるし、夏輝を危険に巻き込んだのも許せねえ。俺としちゃ、事務所にしょっぴいてシメてえんだがよ」

物騒《ぶっそう》な発言を聞いて、合田は頭を抱えて身を竦めた。ヤクザがかかわっていることを知らなかった津田も、自分がリスクの高い企《たくら》みに加担《かたん》していたことをやっと理解して震え上がった。

塔真が口を閉ざせば、合田と津田が問われるのは火元となった責任だけ。そうすると立花は思う存分、裏で制裁できる。しかし警察に引き渡すとなると、事の発端である借金踏み倒しから掘り下げられて組はもう手が出せない。

カタギに迷惑をかけない、を信条とする立花は、塔真と架住の意見を尊重して決定権を委《ゆだ》ねてくれると、言っているのだ。

火災は過失《かしつ》だとしても、塔真を脅して金をせびったうえ、夏輝を拉致《らち》して礼という名の身代金を要求したのは立派な犯罪。警察に被害届けを出せば、合田とゲイの関係があったことは説明しないわけにはいかなくなる。あの恥かしい写真も、証拠のひとつとして第三者の目に触れることになるだろう。

それでも塔真は——。

隣に寄り添う長身を仰ぎ見る。

架住は静かに頷く。

「警察に、突き出してやってください」

瞳で相談を交わし、法の裁《さば》きを選んだ。

時はすでに深夜。ベッドに入ると、夏輝はカッと目を見開いた。

ドラマチックでエキサイティングな経験をして心身ともに疲れているだろうに、興奮が冷めやらないのだ。

火事場から帰宅した我が家は、あの恐怖と喧騒《けんそう》が夢だったんじゃないかと思えるほど平穏《へいおん》だ。風呂に入って汚れを落とすと、なにもかもが石鹸《せっけん》と一緒に洗い流された。思いきり泣いて家族三人の無事を噛みしめた夏輝も、冷たい牛乳を飲んで湯の火照《ほて》りを冷ますといつものくったくのない笑顔を見せた。

ベッドに入ればすぐ寝ついてしまうだろうと思ったのだが、危機一髪の余韻が戻って、なにやら噛みしめ足りないらしい。

「わるものは、けいむしょいきだね」

ほっぺたを紅潮《こうちょう》させ、軽くナチュラルハイにでもなっているかのように大きな瞳をキョロキョロ動かす。

「うん、もう安心だよ」

「おとーさん、てじょうかんたんにはずしちゃって、かっこよかった」

「ほんと、さすがお父さんだったね」

「かじなんかぜんぜんへいきで、あかいヒーローよりすごい」

あんな恐ろしいめに遭ってトラウマになるんじゃないかと心配したけれど、夏輝の興奮は頼もしい父の姿に心酔しているせいなのだった。

塔真は床に座ってベッドに顎を乗せ、救出劇を思い出してはウットリため息をつく夏輝の前髪を梳《す》き上げてやった。

「なっきくんのキックも、見事だったよ」

「とーまくんをいじめたから、なっきがバチあてたんだ」

「お父さんと同じくらい、かっこよかった」

褒めてやると、夏輝はくすぐったそうに笑みをこぼす。

「でも、『ばか』と『うんこ』と『死ね』っていうのは、いけないな」

今度はちょっと叱る口調で言うと、夏輝はへへっと笑って首を竦めた。

「おとーさんも、とーまくんをいじめたけど……たすけにきてくれたから、ゆるしてあげてね」

「もちろんだよ。あ、違う違う。あれは、とーまくんが悪いことしたからお父さんに怒られちゃったんだよ」

「ええ？　とーまくんなのに？」

夏輝は、穴が開きそうなくらいマジマジと塔真の顔を見る。母とも思う塔真がそんな悪いことをするなんて驚いたというような、不思議そうな表情だ。

「そう、うっかりやっちゃった」

「へぇえ」

「あとで、ちゃんとごめんなさいするよ」

「うん、そうだね」

とりあえず納得したらしい表情になり、布団の中から手を伸ばして塔真の頭をソロリと撫でた。怒られてかわいそうにと、慰《なぐさ》めてくれているつもりなのだろう。

「許してもらえるといいな。とーまくん、お父さんのこと……大好きだから」

「だいじょぶ。ゆるしてくれる。おとーさんも、とーまくんのことだいすきだよ」

心強くて、なにより嬉しい言葉だ。邪気《じゃき》のない瞳で見つめられて、胸の内がホロリと融《と》ける。

「なっきもね、だいすきだよ」

「ありがとう。とーまくんも、なっきくんとお父さん同じくらい大切」

言って夏輝の手をそっと握ると、小さな感触がキュッと握り返してきた。

その手からゆっくりと力が抜けていき、笑みが安らかに緩む。

気が済んだのだろうか。コトリと目を閉じたと同時に、寝息をたて始めた。

夏輝の言葉のひとつひとつが、家族だと言ってくれた架住の言葉が、塔真の感情にしっとりと染《し》み入る。

嫌われたくないという浅い考えで、嘘をついてまでしがみつこうとした。もう二度と信頼を裏切るような失敗はしない。なによりも大切なこの家を架住と一緒に守り、夏輝を育てていきたい。

取り繕ったりせず全部話して、今度こそ本当の家族にしてもらおう。

夏輝の手を布団の中に戻してやると、足音を忍ばせて廊下に出た。

架住はさっき入れ違いで風呂に入ったけれど、もうバスルームの灯《あか》りは消えている。部屋に引き取ったようで、リビングも廊下も常夜灯《じょうやとう》がほのかに足元を照らす。

塔真は迷わず架住の寝室の前に立った。その気配を感じてではないだろうけど、ノックする前に内側からドアが開いて、架住が少し驚いたふうに微笑った。

「夏輝は寝たか？」

自分にだけ向けられている笑顔だと思うと、なんだかはにかんで意味もなくパジャマの襟《えり》を直す仕種《しぐさ》をしてしまう。

架住もパジャマを着ているけれど、見慣れた寝起きとは違ってボタンは全部かけられ、着崩れもしていない就寝前のくつろいだ姿だ。

「はい、電池切れみたいにパタっと」

架住は頷きながら、室内に招き入れる。

塔真は、緊張気味な足取りで中へと進んだ。

初めて入ることを許された架住の寝室だ。広くすっきりした空間の半分が書斎スペースになっていて、デスクに本棚、キャビネットには美しいグラスや変わった形のタンブラーが並ぶ。あと半分のスペースはキングサイズのベッドが悠々《ゆうゆう》と構え、ナイトテーブルを挟んだ壁際に座り心地のよさそうなコンパクトソファが置かれている。

「あの、なっきくんを危険に巻き込んでしまって……申し訳ないことをしました」

神妙《しんみょう》な面持《おもも》ちで言うと、架住がソファに座れと塔真を促す。

並んで腰をかけ、体の向きを架住に向けて座りなおすと、膝の上でそろえた両手をもじもじと握る。

「ごめんなさい。俺、合田とのことを架住さんに知られたくなくて……、嘘をつこうとしたんです」

架住は言葉の意味を問うようにして、僅《わず》かに首を傾ける。

「あの男と関係があったのは、わかってる。面接の時、おまえも否定しなかっただろう」

そうだ。確かに、特別な関係なのかと訊かれて過去のことだと答えた。塔真は頭の中を整理しながら、架住を見上げた。

「もう会うこともないと思ってました。借金押しつけて行方《ゆくえ》をくらまして、俺の前には二度と現れないだろうと」

「だが現れた。というより、偶然だった」

「はい。それで、ヨリを戻そうだの金を貸せだの言われました」

「花龍《かりゅう》組のシマにノコノコ戻るとは、図太《ずぶと》いというか頭が悪いというか」

「最低です。あいつ、俺があなたの愛人だと思い込んでて……。断ったら、写真をあなたに見せる、新宿中にバラまくって……」

「なんの写真だ？」

塔真は一瞬、睫毛を伏せる。でも、もう躊躇《ちゅうちょ》はしない。必要だと言ってくれた架住に応えるために、包み隠さず話すと決めたのだから。

「いかがわしい……、合田に抱かれてる写真」

架住の眉間がピクリと反応した。

「俺、いつの間にか架住さんのこと好きになっちゃってたんです。だから、嫌われたくなくて……。あんなやつに尽くしてた自分が情《なさ》けなくて、汚い写真を見られたくなかった」

まっすぐに見つめると、架住は温かな瞳で視線を返す。その表情に力を得て、塔真は小さく息を吐き出し、言葉を続けた。

「せっかく信頼してもらえたのに、面倒事を持ち込んだらきっとクビになる。それがなにより怖くて、金を渡してしまった。それだけで終わるはずがなかったのに」

「だから、給料を前借りさせろと言ったのか」

「本当のことは言えない。だけど嘘はつきたくない。結局は不誠実なことをして、あなたを怒らせた。なっきくんにまで怖い思いをさせた。本当に、ごめんなさい」

そこまで言って、俯いてしまう。

架住は長い指で塔真の前髪をかき上げ、軽く額を押して顔を仰向かせた。

目が合うと、塔真はせきたてられるようにして一番伝えたい言葉を口にする。

「俺は、あなたとなっきくんがすごく大切です。それだけは信じて」

「わかってる。おまえのことは信じてる」

架住の指が首筋を伝い、一点で止まった。

そこには、合田につけられたキスマークがくっきり残っている。泣きたいほど恥じ入って、塔真はまた俯いてしまった。

「俺が見たのは、ここまでだ」

架住の指先が、赤斑《あかはん》をキュッと押す。

「最後まで見ていれば、ラブシーンじゃないとわかっただろうに……。頭に血が昇って失敗したな」

「え……」

「俺は塔真が好きだ。お互い同じ気持ちでいるのを感じて、近いうち関係をはっきりさせようと思ってた」

「関係……って?」

「愛し合う関係。だから合田と会っているのを見て、裏切られた気分になったんだ」

「あの、でも……いつからそういう……」

「おまえがここに住み込んでから」

思い返してみれば、そんな素振《そぶ》りも多少は心当たる。だけど架住はノーマルな人のはずで、なにをきっかけに好きになってもらえたのかは全く思い当たらない。

「もしかして、俺の顔が奥さんに似てるから……好きになってくれた、……とか?」

ちょっと首をひねって言うと、架住は考えるような視線をひと巡りさせ、すぐ塔真に戻した。

「ああ、似てると立花さんから聞いてはいた。だが会ってみると、別に似ているとは思えなかったな。どこを似てると言ってるんだろうかと、顔を見てるうちに目が離せなくなっていたんだ」

「目元と笑った顔が似てるって言われたけど……やっぱり似てないいんですね。俺も立花さんに写真見せてもらった時、どこも似てないと思った」

「笑った顔か……。そうだな、なんとなくわかるような気もする」

架住は塔真の肩を引き寄せ、目尻にそっと唇を触れさせた。

「でも、本当に顔が似ていたとしても、それだけで好きになったりはしない」

「俺、こんなふうに好きになってもらえると思わなかったから……。必要だって言ってもらえて嬉しかった」

大きく仰向いて見上げると、唇にふわりとキスが下りる。

「俺を、あなたの家族にしてください」

改めてお願いを口にすると、言葉は架住の唇の中に呑み込まれ、背中をきつく抱きしめられた。

「ん……」

体の芯が見る間に高熱を発し、蕩《とろ》ける呼吸が漏れ出していく。

唇を開いて求めると、応じる架住の舌が口腔《こうこう》に差し込まれて、塔真は夢中になって舌を絡ませ返した。

熔《と》け合うキスが、急速に熱くなっていく。

何度も互いをついばみ、名残惜《なごり》しい思いで唇を離すと間近で見つめ合い、ベッドに移動しようと瞳で言葉を交わす。

もつれるようにしてパジャマを脱ぎながらベッドに上がり、全ての着衣を床に落とした。

素肌の胸を合わせると架住の体重が塔真の半身にかけられ、ゆっくりと押し倒されていく。その間にも唇を深く重ね、甘い息を吹き込み合った。

架住のキスが首筋へと移動して、赤い斑を強く吸い上げる。

痛みに思わず身を捩《よじ》ったけれど、汚《けが》れが浄化《じょうか》されるような気がして感動にも似た震えに全身が満たされた。

抱き合う体の中心で、欲熱が膨らみ急激に形を表していく。架住の固い感触が隆起を成し、塔真の腿にしっかりと押しつけられていた。

キスが胸を這《は》い、指先が片方の乳首をやわやわと擦《こす》る。そして過敏《かびん》になったところを口に含み、食べるみたいに何度も甘噛みしては吸う。同時にもう片方も強くつまんで揉まれ、尖り立つ先を舌で舐られて、苦しいほどに息が乱れた。

乳首の奥が官能でしこってくると、それを巧《たく》みな舌の動きで練《ね》るようにして解《ほぐ》される。

胸の疼きが下腹を刺激して、屹立の先端が露《つゆ》を滲《にじ》ませた。そこをすかさず掌に握り込まれて、身悶《みもだ》える背中が早くも汗ばんだ。

男を喘《あえ》がせるテクニックを網羅《もうら》しているとしか思えないこの一連の流れは、いったいどこで身につけたものか。

「か……架住さん、元はノーマル……ですよね？」

息も絶《た》え絶《だ》えに訊いてみる。

架住は、塔真の胸から顔を上げ飄々《ひょうひょう》と答える。

「いや、特に性別を意識したことはないな」

ということは、結婚前には男とつき合った経験も数知れないのだろう。どうりで愛撫が手慣れている。

しかし感心してる暇もなく、ひときわ大きく喘がされてしまった。

いきなり下腹に顔を伏せ、先端を咥《くわ》えて鈴口に舌先を捩《ね》じ込まれたのだ。

敏感なそこをぬめる感触にくすぐられてたまらない。クチュクチュと食《は》むようにして吸われると、どうしようもなく腰を振ってしまう。

「はっ……ん！　あぁ」

声を上げてシーツをつかみ、背中をしならせた。口腔の奥深くまで幹を呑まれて、腰を浮かせたまま手足が硬直した。

「感じるか？」

根元から固く伸び上がった先端までを舐りながら、架住の低い声が言う。

答えようとしても感じすぎて言葉にならず、喘ぎばかりが唇からこぼれる。

「ここは？」

と、次はふっくらと張った根元の袋に舌を這わせる。

「や……はあ……あっ」

中にある珠《たま》をクリクリと動かされて、艶《つや》めかしい声が連続して誘発された。

「いい声だ。保育業で喉が鍛《きた》えられてるだけのことはあるな」

「そ……それは……あ……ん」

それは確かに、子供相手に毎日声を張り上げてるし、お歌も大声で歌う。けど、声の質が違うのである。

ちょっと言い返してみたいところだが、架住の技巧は間髪を入れず後ろの窪《くぼ》みに及ぶ。

「んんっ……、あっ」

指が襞《ひだ》を広げ、ゆるゆると押し進んでくる。一本が奥まで挿し込まれると、抽送《ちゅうそう》で内部を解しながら二本に増やされ、そして三本になり、しまいには摩擦《まさつ》で焼け熔けてしまいそうなほど内壁を往復する。

そのうえ根元の膨らみを揉みしだかれ、屹立《きつりつ》を再び咥えられて、電流を流されたみたいに全身に痙攣《けいれん》が走った。

「やぁ……あっ、だめ……やめ……て」

思わずこぼれた声が半泣きだ。

架住は窪みから指を抜き、ぐっしょり濡れた屹立を弄《もてあそ》ぶ。

「どうした、もう音を上げるのか？」

塔真は髪を乱して首を横に振り、見おろす架住を仰《あお》いだ。

「こんな……感じたことない……から」

整わない呼吸のせいで、胸が大きく上下する。

今にも達してしまいそうなのに、沸騰する欲熱が根元に滞留《たいりゅう》して渦巻く。こんなに丁寧に解《ほぐ》されるのは初めてで、これまでに感じたことのない強烈な快感と焦燥《しょうそう》に瞳が熱く潤んでいた。

「そうか、あの男は下手クソだったんだな」

架住が憎々《にくにく》しげに言う。

「あいつに抱かれたことなんか忘れろ。二度と思い出せないように可愛がってやる」

「あ……っ」

焼いてくれているのかと思うと嬉しくて、軽く弄《いじ》られてるだけの屹立が痛いくらい膨れて鼓動した。架住を求めて両腕を伸ばすと、意識せず体が開いた。

「架住さんが欲しい。早く挿《い》れて……中にきて」

頭の芯が蕩けて、羞恥《しゅうち》を忘れてお願いしてしまった。

架住は、塔真の脚の間に自身を割り入れ、固く熱い先端を窪みに押しつける。体がベッドの上方にずり上がらないよう肩を抱き、ゆっくりと愉《たの》しむようにして奥へと隆起《りゅうき》を潜り込ませた。

「もっと……奥に……ああ……あ」

最奥まで挿入《はい》った熱塊《ねっかい》が前後に動かされて、取り戻した呼吸がさっきよりも乱れて声が切なくうわずった。

ヒクヒクと痙攣する襞が架住をきつく咥え、内壁が隆起を締めつけた。

塔真の素直な反応に、体内を往復する質量が脈打ちながら固さを増す。

「や……そこ……っ、熱い……んっ」

一番悦《よ》い箇所が強い摩擦を受けるたび圧迫されて、それがとてつもない快感を呼んだ。

体の奥底で、かつて感じたことのないなにかがすごい早さで流れていく。皮膚の下で血液がふつふつと沸騰しているようで、これでもかというくらい上昇する体温に意識を奪われた。

「架住さ……あっ……悦い……気持ち悦ぃ……」

熱に浮かされて、今まで口にしたことのない恥かしいセリフがとめどなく溢れる。

架住の腕に力がこもり、熱塊が華奢な腰を突き上げた。

「塔真……っ」

抱き合う互いの体が張り詰める。

塔真のエクスタシーが沸点に達し、架住との間で熱い欲液を噴き出した。

同時に、波打つ内壁に締めつけられた架住の極《きわ》みが膨張する。欲熱が塔真の中に勢いよく放たれ、撹拌《かくはん》されながら最奥にまで広がった。

律動を終えても求める熱はなかなか鎮まらず、荒い呼吸の合間に幾度も甘いキスを送り合う。

激しい喘ぎで乾いた塔真の唇が潤いを与えられ、気《け》だるい腕から緩やかに力が抜けて、しがみついていた架住の首からパタリと落ちた。

離れがたい想いに忠実に、胸を重ねたまま戯《たわむ》れの軽い愛撫が施《ほどこ》される。

満ち足りた心地よさに、塔真の瞼がゆるりと閉じた。


ほんの僅かの間だったろうと思うけど、うとうとしていたようだ。

ふと目を開けるとすぐそばに架住の顔が見えて、幸福感を堪能する塔真の唇が綻んだ。

熱が冷めても余韻はまだ去らず、惹きつけられてお互いの背に腕を回す。

甘いキスを何度も交わすうち自然と体が反応を取り戻し、疲れを忘れて次第に愛撫が熱を帯びていく。

もう一度……したい。見つめ合う瞳が、お互いに同意した。と思ったら、突然ドアが開いてわたわたと架住から身を離した。

エキサイティングな体験で神経がぐっすり眠れていなかったのだろう。目を覚ました夏輝が父と塔真を探して寝ぼけ眼《まなこ》で立っていた。

「な、なっき、起きちゃったの？　ちょっと待って」

慌てて掛け布団で裸身《らしん》を隠し、ベッドから手を伸ばして脱ぎ捨てたパジャマを探す。

夏輝は手の甲《こう》で目を擦《こす》り、そして三秒ほどベッドの二人をぼ〜っと見たあとパッと見開き、次には大きく口を開けた。

「いもうと、つくってるのっ？」

パジャマを着るのも間に合わず、満面歓喜の夏輝が走ってきてベッドに飛び込む。

「ち……違うんだよ、これは……」

赤くなったり青くなったり、裸のまま夏輝を受け止めた塔真は困り果ててしまう。

その隙にパジャマを着た架住が夏輝を引き受け、入れ違いに塔真のパジャマを素早く渡した。

「残念だが、妹も弟も作れないんだ。あきらめろ」

「え〜？　だって、はだかでおふとんにはいるとすぐできるんだよ？」

「うちは少し違う。夏輝も大きくなればそのうちわかる」

父の威厳《いげん》でもって言われて、夏輝はいっちょ前に胸の前で腕を組み「う〜ん」とうなって眉根を寄せる。

「だから、お父さんと塔真が裸で寝てることは誰にも言っちゃいけない」

「どうして？」

「家族だけの大事な秘密だからだ。それも、まあ大きくなればいつかわかる。もし誰かに

てしまう。

喋《しゃべ》ったら、大変なことになるかもしれないぞ？」

なに脅しをかけてるんだかと、苦しい説明を横で聞きながら塔真は必死に笑いをこらえ

しかし夏輝は、どんな大変が起きるのか意味がわからないながらも、家族の秘密という

ことだけは理解して神妙《しんみょう》に頷いた。

「とーまくん、おとーさんといっしょにねるの？」

無邪気に話を切り替え、パジャマを身に着けたばかりの塔真を見上げる。

「それは……」

「なっきもいっしょにねる」

架住にお伺《うかが》いをたてるのも待たず、いそいそとベッドの真ん中に潜《もぐ》り込んだ。

とりあえず今は納得させたけど、男同士で妹は作れないのだと、どう説明してやったら

いいものか。この先も、夏輝が成長するにつれ子育ての悩みは尽きないだろうと思うと楽

しみであり、ドキドキでもあり。塔真は、架住と顔を見合わせクスクスと笑った。

キングサイズベッドは三人で並んで寝てもまだ余裕がある。

「おやすみ」

架住は夏輝と塔真の頭を順に撫でてからナイトテーブルのスイッチに手を伸ばし、部屋

の灯《あか》りを落とした。

こんなふうに川の字で寝られる日が来るなんて、つい数時間前までは期待もしていなかった。

家族という形で結ばれた愛。これからずっと、三人で寄り添ってたくさんの思い出を作っていくのだ。

感慨《かんがい》のため息をつき、そして深い眠りについたのは、夏輝とほぼ同時だった。

肩まで布団をかけなおしてくれた架住の愛情は、二人とも夢の中でしっかり受け取っていることだろう。

END

あとがき

みなさま、こんにちは。みなさま、初めまして。

このたびは、かみそうの作品をお手に取ってくださり、ありがとうございます。

今回は、保育士と子持ちやもめのお話。いかがでしたでしょう。

男二人の子育て、いろんな意味でも大変でしょうね。数年後、男同士で妹はできないという生物学的事実を知った夏輝《なつき》は……きっと、妹をおねだりしたことは忘れたフリでさり気なく流してくれるのではないかと思います。賢《かしこ》い子ですから。

それにしても男子保育士さんて……職場恋愛とか出会いとか、難しそうだなぁと。

いえね、うちの近所に小さな託児所があるんですけどね、そこに二十代前半くらいかと思える男子保育士さんが一人いるのですよ。

優しそうでちょっとモテ顔のお兄さん先生です。子供大好きオーラが眩《まぶ》しいほど出ていて、公園で子供たちと一緒になって全力で遊んでいるのをよく見かけます。

他の保育士さんたちは子育てを終えてから復帰したベテラン先生、といった年代の方々でしょうか。通りがかりにパッと見た感じですけど、お兄さん先生と年の近い同僚はいないようなのです。

毎日元気に頑張ってるなぁと、感心しながら通りすがっていたわけですけど。なに気《げ》にふと、同じ年の男子保育士さんがもう一人いたら、お兄さん先生も心強いだろうな。と……考えてしまったら、頭がなぜか違う方向へ行ってしまってもう大変。

ベテラン先生と子供たちに囲まれて、男子保育士さんが二人で反発し合ったり協力し合ったりしながら健闘《けんとう》。やがてお互いを、そして……。いや、でもやっぱ子育てに不器用なお父さんともお似合いではないですか。しっかり者の保育士さんと、仕事はできるけどちょっと手のかかるお父さんとの年の差組み合わせ、いいよね。

とかなんとか。夢は広がる広がる――。

まあそんなわけで、通りがかりに見かける感心な男子保育士さんからすっかり頭は離れ、果《は》てしない妄想に浸りつつ楽しくこのお話を書かせていただきました。

ところで話は変わりますが。

実はわたくし、去年の夏からいきなり五キロ太ってしまいました。いったいなぜ、どうしたことでしょう。腹周りが邪魔で困ります。

夏に北海道に旅行に行ったんですけど、その後やたらと食欲が……。

たぶん、美味《おい》しいものをいっぱい食べてスイッチが入ってしまったんだと思います。

私はあまり魚介類が得意じゃないので、いつも刺身とか寿司《すし》はワサビと醤油《しょうゆ》をたっぷりつけないと食べられないんです。それが北海道ではウニイクラ丼になにもかけずにペロリと完食できました。苦《にが》くないウニと生臭くないイクラは初めてでした。寿司も醤油に浸さず、ワサビもちょびっとでお腹いっぱい食べました。

他にも、いろいろ、美味しい思い出がたくさん。

それが忘れられなくて、きっと美味しいものを求めて食べ過ぎてしまったのだと……思います。食欲が醒《さ》めた今、食べる量が戻っても増えたお肉は簡単には減りません。春には某ライブに行くのに、着る服がない危機感がひしひしと……。

あ、いえ、北海道の思い出は食べただけではないですよ。温泉に入ったし、観光もしたし。そうそう、イルカウォッチングもしました。

すごかったです、イルカ！　海にイルカがいっぱいいるんですよ！　トレーナーさんがいなくてもジャンプを見せてくれるんですよ！　そいでフレンドリーで、船と一緒にず～

っと海原《うなばら》を泳いでくれるんです。プールで飼育されてるイルカしか知らないから、なんだか不思議というか、夢を見てるような光景でした。壮大《そうだい》で爽快《そうかい》で、気持ち良かったです。感動と美味盛《も》りだくさんの北海道旅行でした。また行きたいなあ。

あっと気づけば、つらつらとお喋《しゃべ》りを書き連《つら》ねてページが埋まってしまいました。最後になりましたが、可愛くてきれいなイラストをいただきました。特に夏輝が無邪気で愛くるしくて、こんな子が迷子になってたら手厚く保護しちゃうぞと思いました。中川《なかがわ》わか先生、素敵なイラストをありがとうございました。この場を借りてお礼申し上げます。

それでは。またみなさまと作品でお目にかかれますように、精進《しょうじん》してまいります。今後もどうぞよろしくお願い致します。

二〇一二年　かみそう都芭《つば》

セシル文庫をお買い上げいただき、ありがとうございます。
この本を読んでのご意見・ご感想・ファンレターをお待ちしております。

☆あて先☆
〒113-0033　東京都文京区本郷3-40-11
コスミック出版　セシル編集部
「かみそう都芭先生」「中川わか先生」または「感想」「お問い合わせ」係
→Eメールでもok!　cecil@cosmicpub.jp

セシル文庫

保育士《ほいくし》は不夜城《ふやじよう》で恋《こい》をする

【著者】　かみそう都芭《つば》
【発行人】　杉原葉子
【発行】　株式会社コスミック出版
〒113-0033　東京都文京区本郷 3-40-11
【お問い合わせ】　- 営業部 -　TEL 03(5844)3310　FAX 03(3814)1445
- 編集部 -　TEL 03(3814)7534　FAX 03(3814)7532
【ホームページ】　http://www.cosmicpub.com/
【振替口座】　00110-8-611382
【印刷／製本】　中央精版印刷株式会社

セシル文庫　好評既刊

★かみそう都芭

黒炎の恋鎖　イラスト／櫻衣たかみ
ロシア紳士の甘い罠　イラスト／周防佑未
紳士と恋のワルツを　イラスト／宝井さき
保育士は不夜城で恋をする
イラスト／中川わか

★桑原伶依

【お隣の旦那さんシリーズ】
①お隣の旦那さん
②うちの旦那さん
③俺の旦那さん
④愛しの旦那さん
☆みーくんと旦那さん〈番外編〉
⑤優しい旦那さん
⑥夢みる旦那さん
イラスト／すがはら竜
⑦ステキな旦那さん
⑧ご機嫌斜めな旦那さん
⑨大好きな旦那さん
⑩戸惑う旦那さん
⑪怒った旦那さん
イラスト／ CJ Michalski
危険な狼男
過激な狼男
不敵な狼男　イラスト／蘭 蒼史
火龍の宝玉　イラスト／水綺鏡夜
砂漠の王子と月夜の花嫁
イラスト／水綺鏡夜

★天花寺悠

砂漠の薔薇
砂漠の宝石　イラスト／ジキル
マーメイド・ロマンス
イラスト／秋山こいと

★篠伊達玲

龍は宝珠を喰らう　イラスト／周防佑未
灼熱宮の虜
氷麗宮の虜
黒鷹宮の虜　イラスト／あしか望
蜜愛ベビーシッター
イラスト／三雲アズ

★chi-co

君恋ふ ～朔の出会い～
イラスト／旭炬

★樹生かなめ

悪魔との契約
悪魔との新婚生活　イラスト／加賀美 炬
最果てのロクデナシ
イラスト／一ノ瀬ゆま

★日向唯稀

SとMの恋愛事情　イラスト／藤河るり
シングルファーザーも恋をする
イラスト／砂河深紅
キスは子供が寝たあとで
イラスト／ 鹿谷サナエ